KB139105

나무에게
길을
묻다

식물
우화

나무에게
길을
묻다

식물
우화

징셩일
장가영 그림

인간사랑

쑥부쟁이

청산 품에 안고

홀로 핀

쑥부쟁이

굽이굽이

산사닉

우는 접동새

애틋한 그리움

구름길

천 리

오는 비 가는 바람

홀로 핀

쑥부쟁이

|『식물우화』를 펴내며 |

우화(寓話)는 영어로 'fable'이다. 이는 라틴어 'fabula'에서 유래된 것으로 '허구적인 이야기'를 의미한다. 이 짧은 허구의 이야기 속에는 보편적인 원칙과 도덕적 명제를 제시하는 지혜가 담겨 있다. 때로는 짧은 이야기가 그 어떤 긴 이야기보다 더 현실을 꿰뚫어 비판하며 반사적인 지혜와 교훈을 선사하기노 한나.

우화는 일반적으로 동물을 의인화한 것이 우화의 전형처럼 되어 있지만 가끔 식물 또는 무생물까지 우화에 등장한다. 동물은 몸짓과 소리로 의사소통을 한다는 점에서 인격만 부여하면 되지만 식물은 그것을 형상화하는 데 어려움이 있는 관계로 식물에 대한 우화가 많지 않다고 생각된다.

자연은 사실만 존재하고 진실이나 진리는 인간의 영역이다. 사실의 반대쪽에 허구가 있고, 그 허구 속에도 진리는 있다. 식물이라는 사실 위에 그린 상상의 그림, 그것이 "식물우화"이다. "식물우화"는 식물이 주로 등장하지만 모두 식물

로만 우화를 엮지는 않았다. 식물과 동물, 인간과 신, 무생물과 우주가 공존한다.

살다 보면 때로 지치고 힘들 때가 있다. 그때는 밖으로 나가서 식물을 보고 들판을 보고 산을 보라. 막혔던 가슴이 뚫릴 것이다. 그 뚫린 푸른 마음에 상상의 날개를 펴면 우화가 된다.

우화 하면 통상 "이솝우화"를 떠올리고, 그것은 주로 동물을 의인화해서 표현했다. 그러나 "식물우화"는 식물과의 관계를 주로 해서 나무와, 풀과, 꽃과 말을 걸고 교우하면서 글을 엮었다.

글을 읽으며 작은 철학의 샘에 발을 담그기도 하고, 유머의 바다에 웃음의 돛을 올리기도 하고, 어린 시절 무지개를 쫓아가기도 하면서 일상의 찌들은 삶의 껍질을 벗어버리시라. 그리하여 즐거운 몽상이 행복한 시간이 되어 잔잔한 미소가 파도처럼 모든 이들에게 번져가기를 기대한다.

언제나 맑은, 사랑하는 아내의 몸과 마음이 하루빨리 회복되기를 기원하고, 재롱둥이로 변함없이 내 곁에 있을 것 같던 사랑스런 딸이 본문의 그림을 그려준 것에 감사한다. 그리고 멀리서 어려움을 이기고 꿋꿋하게 공부하는 듬직한 이들에게도 고마움을 전한다. 이기시간 출판사 이필두 사장님과 이 책이 출간되기까지 노고를 아끼지 않은 인간사랑 편집부 여러분께도 감사의 말을 전하지 않을 수 없다. 끝으로 이런 글을 쓸 수 있게 영혼을 열어준 식물들이 나의 환상열차에 항상 동승해 주기를 염원한다.

2012년 한천寒天에 붉게 핀 동백을 바라보며

장 성

9

차례

사람은 누구나 자신의 내면에 발견되지 않은 마음의 대륙을 갖고 있다.
콜럼버스처럼 그 대륙을 발견하는 사람은 행복할 것이다.

괴테|Johann Wolfgang von Goethe

가장 큰 시간 손실은 뒤로 미루는 일과 기다리는 일이다. 우리는 손에
쥐고 있는 현재를 놓아버리고 우연이 작용하는 미래를 기다린다. 말하자
면 불확실한 것을 얻기 위해 확실한 것을 포기하고 있는 것이다.

세네카|Seneca

지식과 지혜는 결코 가
깝지 않으며, 전혀 관
계없는 경우도 많다.
지식은 남들의 생각으
로 머릿속을 가득 채운
것이고, 지혜는 자기
자신에게 관심을 기울
이는 것이다.

쿠퍼
William Cowper

PART 1

본질

연리목(連理木)

졸참나무와 물푸레나무가 바로 곁에서 자랐다.
둘은 가까워지면서 서로에게 다가가 가지가 맞붙어
물푸레나무의 수액을 졸참나무가 먹고
졸참나무의 영양을 물푸레나무가 섭취했다.
그렇게 몇십 년을 살다가 물푸레나무가 병이 들기 시작했다.
꾀꼬리가 졸참나무에 앉아서 위로했다.

"물푸레나무 때문에 병이 옮겨왔네.
당신은 더 오래 살 수 있었는데…."

"아니야, 우리가 곁에서 우정을 나눈 지 20년,
그리고 우정이 쌓여서 사랑으로 산 지 20년,
이제 서로 깊이 신뢰하게 되었어.
40년 행복했으면 됐지, 그까짓 것 몇 년을 더 산다고 내 일생 가장 행복했던 40년을 팽개칠 수는 없지!"
하고 졸참나무는 가지를 바람에 맡겼다.

상처

선인장이 추워서 서로 부둥켜 안았다가
찔려서 둘이 다투었다.

"네가 먼저 가시를 없애."
"싫어. 네가 먼저 가시를 없애."

서로 양보하지 않아 상처투성이가 되었다.

거짓말

찔레넝쿨 사이에 작은 소나무가 살았다.

소나무는 늘 찔레 가시에 찔려 몹시 괴로웠다.

소나무는 너무 괴로워 신에게 외쳤다.

"이렇게 가시에 찔리며 사느니 사다디

제 생을 마감하게 해주세요."

신은 안타깝게 여겨 그를 데려가려고 폭풍과 비를 보냈다.

어린 소나무는 폭풍과 비에 놀라서 비명을 질렀다.

"아이쿠, 정말 죽겠네. 이러다가 내 뿌리까지 모두 뽑히겠어."

재목

왕대나무가 곧게 쑥쑥 자랐다.
옆에 살던 느티나무가 부러워서 한마디 했다.
"야~ 넌 언젠가 큰일을 할 거야!"

왕대나무는 우쭐해 기분이 좋았다.
몇십 년이 흘러 느티나무도 왕대나무도 베어져
농부의 집 짓는 곳으로 갔다.
왕대나무는 자기가 큰일을 맡을 거라고 생각했는데 뜻밖에
굽은 느티나무가 대들보가 되고 자신은 울타리가 되었다.
너무 억울하여 왕대나무는 농부에게 항의했다.
"내가 이렇게 똑바르고 곧은데 대들보로 안 쓰고
울타리가 뭐요?"

농부는 먼 하늘을 바라보며 대꾸했다.
"곧다고 모두 대들보로 쓰지는 않아!"

문즉병(聞卽病)

나무가 신에게 간청했다.

"저도 새소리, 짐승소리, 바람소리를 듣게 해주십시오."

"그냥 있는 게 좋을 걸. 삶의 경계 밖은 네가 감당하기 벅차."

신은 안타까운 마음에 나무를 달랬다.

하지만 나무는 계속 졸랐다.

"그래, 그렇게 간절히 원하니 소원을 들어주마."

하고 신은 나무의 소망을 이루게 해주었다.

"저 나무 뿌리를 파헤치고 싶네."

멧돼지가 나무 밑에서 말했다.

"열매가 맛있게 익었군. 친구들과 와서 먹어야겠다."

개똥지빠귀가 가지에 앉아서 꼬리를 흔들며 중얼댔다.

"이 나무 건방지구만. 다음에 올 때는 비를 데려와서 뿌리채 뽑아버릴까?"
바람이 지나면서 투덜댔다.

나무는 멧돼지, 개똥지빠귀, 바람, 그리고 벌레들이 말하는
소리를 들을 때마다 몸이 움츠러들고 숨이 막혔다.
결국 나무는 서서히 잎이 누렇게 말라갔다.

악의 꽃

어린 각시투구꽃이 땅위로 가냘픈 얼굴을 내밀었다.
지나가던 늑대가 짓밟고 똥을 누었다.
"내가 뭘 잘못했기에 나를 이렇게 만들어?

늑대가 거만하게
"난 네가 독이 있다는 걸 알아. 그래서 미워.
또 독이 있는 걸 알기 때문에 널 먹지도 않아."
하고는 각시투구꽃 옆을 떠났다.

몇 년이 지나 각시투구꽃은 다른 풀들과 같이 자랐다.
어느 날 토끼가 배가 고파 풀을 먹다가
각시투구꽃도 함께 먹었다.
토끼는 쓰러졌다.

그때 마침 늑대가 어슬렁어슬렁 지나다가
누워 있는 토끼를 보고
"오늘은 참 재수가 좋네."
하고는 맛있게 먹었다.
토끼 몸의 독이 늑대에게도 퍼져서 다리에 힘이 없어지며
정신이 아득히 멀어졌다.

어디선가 각시투구꽃의 중얼거림이 어렴풋이 들렸다.
"난 몇 년을 기다렸어. 오늘 같은 날이 오기를…."

귀납오류(歸納誤謬)

바보가 양파를 생으로 먹었다.

너무 매웠다.

어느 날 이웃집에서 맛있는 음식을 가져다 줘서 먹었다.

~~그 맛이 부드러웠다.~~

바보는 이 맛있는 음식이 무엇이냐고 물었다.

"이건 양파야. 익히면 달콤해져."

집으로 돌아온 바보는 밭에 달린 고추를 따먹었다.

몹시 매웠다.

"아, 이것도 익히면 달콤해지겠지?"

하고 고추밭의 고추를 따다가 익혀서 먹었다.

그러나 고추는 여전히 매웠고,

바보는 고추가 거짓말을 한다고 밭의 고추를 모두 뽑아버렸다.

전망

뱁새가 집을 지었다.

봄이 되어 나뭇잎이 나오자 뱁새 집은 시야가 모두 가려서
잘 보이지 않았다.

뱁새는 말라죽은 큰 동백나무 위로 이사를 가서 집을 짓고
알을 낳아서 품었다.

"야, 이렇게 좋은 걸. 여기서 보니 저 아래 제비꽃이 피었고,
그 옆에는 개미가 이사를 가네."

뱁새는 자신의 탁월한 선택에 흡족해서 흥겹게 노래했다.

멀리서 뱁새의 노래를 들은 새매가 입을 다시며 중얼댔다.

"전에 뱁새 집이 어딘지 몰랐더니 저기구만.

오늘 점심은 진수성찬일세."

일차행위 이차행동

멧돼지가 가을이 되어

맛있게 익은 붉은 대추가 주렁주렁 달린 나무 밑을 지나다가

대추가 먹고 싶어 대추나무 위로 올라가려고 했다.

그러나 올라실 누가 없어서 화가 나 나무를 들이받았다

나무가 흔들리며 대추가 떨어졌다.

멧돼지는 맛있게 식사를 했다.

며칠이 지나 밤나무 밑을 지나던 멧돼지가

이번에는 또 밤이 먹고 싶었다.

멧돼지는 또 밤나무를 들이받았다.

밤송이가 떨어지면서 가시가 멧돼지 등허리와 엉덩이를 찔렀다.

"아이구 따가워!"

멧돼지는 아파서 줄행랑을 쳤다.

다음날 다람쥐가 밤나무 밑을 지나다가

알밤이 잔뜩 떨어진 걸 보고 앞발로 살살 알밤을 꺼냈다.

"아, 이렇게 맛있는 알밤을 내게 주다니, 나는 행운아야."

술주정뱅이

술주정뱅이가 옥수수 밭을 발로 뭉갰다.

옥수수가 밀에게 항의했다.

"네가 맥주를 만들게 했잖아.

네가 아니었으면 술주정뱅이가 우리를 망치지 않았을 거야."

밀은 억울해서 말을 받아쳤다.

"우린 빵이 되고 싶었는데 털없는 원숭이들이 술로 만들었어."

옆에 있던 포도나무도 맞장구를 쳤다.

"우리도 주스가 되고 싶었지만 포도주를 만들었지.

그리고는 취해서 때로는 우리를 모두 베어 없애기도 해."

요람에서 무덤까지

나무들이 모여서 사후에 누가 가장 좋은 일을 하는지 논쟁했다.

"난 인간의 심금을 울리는 바이올린을 만드는 데 쓰이지."

하고 자작나무가 자랑을 했다.

그러자 가문비나무가 말을 받았다.

"뭐 기껏 그걸 가지고 그래. 난 피아노를 만들어."

비자나무가 큰 몸집을 흔들며 참견했다.

"생각이 없으면 죽은 거야!

난 사고를 넓혀주는 바둑판이 돼."

"그렇지만 난 인간이 법률행위를 할 때 꼭 필요한 도장이

되거든. 특히 벼락을 맞았을 때!"

대추나무가 가시를 감추고 말했다.

잠자코 있던 개살구나무가 입을 열었다.

"깨우침을 인도하는 목탁이 더 유용하지."

"다 좋지만 인간이 살아가는 집을 만들 때 내가 필요하고,

죽었을 때 집인 관도 내가 책임지니까…."

하고 소나무가 점잖게 말했다.

딱딱함과 부드러움 1

팽나무와 갈대가 함께 자랐다.
팽나무는 언제나 갈대를 내려다보며 업신여겼다.
"넌 언제나 바람이 불면 그렇게 가볍게 움직이니?
나 봐라, 항상 꼿꼿하게 서 있잖아."

갈대는 팽나무의 빈정거림에 대꾸하지 않았다.
그러던 어느 날 태풍이 오면서 굉장한 비바람이 몰아쳤다.
갈대는 머리를 숙이고 몸도 구부려서 바람을 피했다.
그러나 팽나무는 꼿꼿이 서서 바람에 맞서다가 그만
몸통이 부러져 두 동강이 나버렸다.

태풍이 지나간 후 갈대가 말했다.
"때로는 머리를 숙여야 살아갈 수 있어요.
당신처럼 꼿꼿하면 부러져요."

딱딱함과 부드러움 2

들판에 참나무와 억새가 함께 자랐다.
바람이 불면 언제나 억새는 머리를 숙여 바람을 피했다.
하지만 참나무는 바람에 맞서 꿋꿋이 서 있었다.

"그렇게 똑바로 서 있으면 부러져요.
때로는 저처럼 굽힐 줄도 알아야지요."

그러나 참나무는 억새에게 대꾸도 않고 똑바로 서 있었다.
폭풍우가 몰아치는 계절이 오자 비바람이 거세게 몰아치며
참나무 가지가 부러졌다.

"그것보세요. 내가 전에 말했잖아요.
조금만 굽혔으면 무사했을 텐데…."

억새가 말을 마치자 참나무는 의연하게 되받았다.

"너처럼 언제나 굽실대느니 차라리 꺾이는 게 나아!"

동행

산 아래에 불이 났다.
어린 오리나무는 부모가 있는 곳으로 불이 옮겨갈 것 같아
가장 빠른 바람에게 부모들이 있는 산에 연락을 부탁했다.

바람은
"난 혼자서 못 가. 불과 같이 가야 해."
하고는 불과 같이 다른 산으로 옮겨갔다.

닭의장풀

농부가 고구마밭에 자라던 닭의장풀을 뽑아 과수원에 버렸다.
과수원에서 닭의장풀은 겨우 뿌리를 내리고 살았다.
이번에는 과수원지기가 뽑아서 깨밭으로 던졌다.
깨밭에서 닭의장풀은 다시 살기 위해 발버둥쳤다.
어느 날 농부가 닭의장풀을 발로 밟으며 말했다.
"지독하게 못된 풀이구나.
아직도 살아서 나를 힘들게 하는구만!"

닭의장풀은 풀이 죽어 중얼거렸다.
"끈질긴 삶이 아름답다고 하더니…
나를 격려해 주지는 않고 욕하며 밟아죽이네."

본질

사과나무가 붉은 사과를 가지에 주렁주렁 달고 자랑했다.
"우리는 에덴동산에서 선악을 구분하게 하는 지식을 가르쳤고,
윌리암 텔은 우리를 가지고 정의를 보여주었으며,

어때? 이만하면 우리가 최고지!"

옆에서 가만히 있던 배나무가 말했다.
"그래도 너는 사과일 뿐이야.
너의 평가는 네가 달고 있는 사과의 맛으로 결정돼."

국화(國花)

화원에 무궁화, 장미, 모란, 튤립, 해바라기, 벚나무가
함께 자랐다.
풀벌레가 장미나무에 올라와 장미꽃을 갉아먹으려 했다.
"야, 저리 가! 난 영국의 국화야!"

벌레는 엉금엉금 기어서 무궁화나무에 올라왔다.
"내가 누군지나 아는 거야?
난 대한민국의 국화야. 다른 곳으로 가."

벌레는 모란꽃으로 갔다.
"난 중국의 국화란 말이야. 어디를 함부로 덤벼!"

벌레는 다시 엉금엉금 기어서 해바라기꽃으로 향했다.
"넌 지금 잘못하고 있어. 난 러시아 국화라구."

벌레는 튤립을 바라보며 또 기어갔다.
"여기 오지 마! 멀리 네덜란드에서 왔단 말이야!"

벌레는 벚나무에게로 갔다.
"어디로 올라오는 거야? 난 일본의 국화인데."

벌레는 벚나무에서 내려오지 않고 대꾸했다.
"국화면 어때! 난 지금 배가 고파!
뭐든지 먹어야 해!
하고는 벚나무부터 갉아먹기 시작했다.

사시나무와 억새

사시나무는 겁이 많아 항상 비바람이 두려웠다.

맑은 하늘 아래서도 바람이 겁나서 잎사귀를 흔들어야 했고,

비바람이 몰아칠 때에는 비바람보다 더 격렬하게

가지와 잎사귀를 흔들며 외쳤다.

"난 왜 이렇게 겁쟁이로 태어나 밤낮 떨며 살아야 하는 거야?"

그러던 어느 날 옆에 억새가 자라기 시작했다.

억새는 바람이 불 때 사시나무보다 더 많이 몸을 흔들며

살고 있었다.

"그래, 사는 것은 두려움과 걱정이 교차하는구나.

세상에는…."

책임

어느 날 식물학자가 깊은 계곡으로 들어갔다.
그곳에서 그는 키 작은 향나무를 발견했다.
그가 향나무를 자신의 연구실로 옮기려고 연장을 꺼내
ㅁ 쌨ㅒㅈ ㅛ잛ㅜㅈ 쌣ㅒ 쌣ㅒ.

"저를 어쩌시려구요?
당신 연구실로 날 데려가실 건가요?
싫어요. 그냥 여기 살게 해주세요."

식물학자가 다정하게 속삭였다.
"내가 너를 연구실로 데려가면 너를 괴롭히는 벌레와
너를 아프게 하는 병을 모두 없애고 잘 자라게 해줄게.
걱정하지 마."

그러자 어린 향나무가 구슬프게 말했다.

"그래요. 지금은 당신이 날 보살펴 주겠죠.

그렇지만 난 3천 년을 살아요.

당신이 그만큼 살면서 날 보살필 수 있으면 데려가세요."

무위(無爲)

시골 동네에 500년 된 상수리나무 한 그루가
살고 있었다.
사람들은 여름이면 그 그늘에서 쉬었고,

다람쥐는 도토리를 양식으로 겨울을 났다.
나무는 새에게 들짐승에게 사람에게 모두 베풀었지만,
그들이 상수리나무에게 해주는 것은 아무것도 없었다.
무려 500년 동안이나….

나무는 그런 그들이 미워서 간절히 기도했다.
"저들이 나를 위해 해주는 것은 아무것도 없어요.
나도 이제 더 이상 도움을 주고 싶지 않아요."

그러자 신은 근엄하게 말했다.

"내가 그들을 접근하지 못하게 할 수는 있지.
그러나 털없는 원숭이들은 널 쓸모없는 나무로 여겨
톱으로 베어버릴 거야. 그래도 괜찮아?"

숨겨진 사실

가을이 되어 붉고 맛있는 사과를 보고 찔레가 부러워하며
신에게 자기도 사과나무처럼 사과가 열리게 해달라고
간청했다.

신은

"네가 사과를 달려면 가시는 보이면 안 돼."
하고는 허락했다.

가을이 되어 찔레나무는 잘 익은 사과를 매달았고,
노루가 그 사과를 먹었다.
노루의 목에 가시가 찔렸다.
"아니, 이 사과는 겉은 똑같은 사과인데 속에 모두 가시네!"

도끼자루

나무꾼이 산에 올라 좋은 물푸레나무를 발견하고 한 번 찍자
도끼자루가 부러졌다.
나무꾼은 큰 나무 대신 낫으로 작은 물푸레나무를 잘라
집으로 돌아갔다.
며칠 후 새 도끼자루로 큰 물푸레나무를 밑동부터 잘랐다.
물푸레나무가 외쳤다.

"너 이놈! 내가 너를 낳아 이렇게 옆에서 길렀건만
넌 자루가 되어 날 죽이는구나!"

난망(難望)

참가시나무 넝쿨이 숲에 사는 노루, 꿩, 멧돼지, 산양들을
가시로 찌르며 괴롭혔다.

동물들이 모여 의논했지만 뾰족한 수가 없었다.

~~할 수 없이 신에게 잔 신청했다.~~

신은 참가시나무에게 가시를 없애라고 했다.

가시나무가 말했다.

"제 몸에 가시가 모두 천 개 있습니다.

1년에 100개씩 없애면 10년이면 저는 가시나무가 아니옵니다."

그러자 신이 말했다.

"너는 태어나서 10년도 못 살고 죽지 않느냐?"

내가 싫으면 남도 싫다

북가시덤불에 종달새가 집을 지었다.
종달새는 집을 드나들 때마다 조금씩 가시덤불에 긁혔다.
옆에서 지켜보던 은행나무가 조심스레
종달새에게 타일렀다.
"지금이라도 늦지 않았어.
가시덤불에서 나와 나한테로 오렴.
그러면 털이 뽑히지도, 찔려 상처도 나지 않아."

"고마워요.
하지만 저는 여기서 살래요.
내가 조금 찔리고 긁히는 게 싫듯이
내 새끼를 잡아먹으려는 친구도 그게 싫을 테니까요."

허사(虛事)

숲의 나무들은 언제나 불안했다.

나무꾼이 자신들을 베어가지는 않는지,

불이 나서 모두 타죽지는 않는지 매일 숨죽이며 살았다.

외의 밭에 보수를 두기도 했나

그 중 가장 키가 큰 나무에 까치가 살게 하고,

까치가 신호를 보내면 나무꾼이 오거나

불이 났다는 것을 알게 했다.

까치는 집을 짓고 새끼도 낳았다.

어느 날 숲에 불이 났고, 까치는 불이 났다는 것을 알리고는

멀리 날아가 버렸다.

숲은 전부 탔고, 까치집도 재가 되었다.

인간은, 자만심에 빠진 인간은 하잘것없는 권위의식을 걸쳐 입고, 유리같이 맑은 자신의 본질은 깡그리 잊고 마치 성난 원숭이처럼 행동한다. 그리하여 인간은 하느님이 보는 앞에서까지 이런 술수를 부려 천사들을 눈물짓게 만든다.

셰익스피어
William Shakespeare

PART 2

침묵

본심 숨기기

졸참나무가 계곡에 살다가 제일 큰 가지가 부러졌다.
근처를 지나던 다람쥐가 물었다.
"어쩌다가 이렇게 가지가 부러졌소?"
"독수리가 하늘에서 잘 내려다 보이게 하기 위해서…."

다음해 여름이 되어 졸참나무는 폭풍우에 뿌리가 뽑혀
바닥에 쓰러졌다.
멧돼지가 산책을 하다가 이를 발견하고 궁금해 했다.
"아니, 당신 왜 이렇게 누웠지?"
"아, 사냥꾼이 길을 잃을까봐 방향을 가리켜 주려고 누웠지."

다음해 큰 홍수로 졸참나무는
몸통과 뿌리 전부가 떠내려가다가 강기슭에 걸렸다.
잉어가 말을 걸었다.

"난 당신을 본 적이 없는데 왜 여기에 누웠나요?"

"강에 낚시꾼들이 편하게 앉아서 낚시하라고 왔어."

베풂

아카시아나무가 사과나무에게 말했다.
"나도 자라면 농부의 땔감이 되어 따뜻하게 집을 데워주는데
왜 사람들은 너는 돌보고 나는 무시하는 거야!"

"그래, 너나 나나 죽으면 다 땔감이 돼. 그렇지만
난 내가 살아 있는 동안 맛있는 사과를 인간들에게 주어
입을 즐겁게 해주거든!"

반전

작은 숲에 논쟁이 생겼다.

사과나무, 뽕나무, 대추나무는 인간이 유익하지 않다고 했고,
굴참나무, 느티나무, 물푸레나무는 인간이 유익하다고 했다.
유실수들은 인간들이 열매를 따가므로 해를 끼친다고 했고,
굴참나무, 느티나무, 물푸레나무들은 숲이 잘 자라고
불이 나지 않게 지키므로 유익하다고 했다.

유실수들이 생각해 보니 그 말이 맞는 것 같았다.
반대로 나머지 나무들은 유실수의 말이 맞는다고 생각했다.
격렬한 논쟁이 또 다시 계속되었다.
사과나무, 뽕나무, 대추나무는 인간이 유익하다고 했고,
굴참나무, 느티나무, 물푸레나무는 인간이 무익하다고 했다.

지킴이

올레길 여행자가 올레길을 걷다가 길가의 표지판을 보았다.

〈농약조심〉

그 옆 농장에는 〈농약조심〉이라고 더 크게 써져 있었다.
마침 귤농장 주인이 있어서 물어보았다.
"농약을 어디에 친 겁니까? 보이지 않는데…."

농장 주인이 대답했다.
"그래요. 올레꾼이 다니는 길가에 석회를 물에 섞어
흰 가루만 뿌렸죠.
그리고 저 팻말 〈농약조심〉이 귤들을 지켜주죠."

여력

복숭아를 잘 키운다는 소문이 자자한 농부가 있었다.

이웃에 사는 배밭 농장주가 비결을 알고 싶어 찾아와 물었다.

"비법은 말이야, 내게는 간단한데 당신에게는 힘들 거야."

"아니, 뭔소리는데 내게 배 못 봬!"

"그래? 그러면 알려주지.

첫째, 거름을 많이 줘.

둘째, 가지를 자르는 거야. 튼실한 몇 개만 남기고.

셋째, 복숭아가 한 그루에 100개 달리잖아.

그러면 5개만 남겨두고 모두 따버려야 해."

"아니, 100개를 다 잘 키우면 더 많은 수확이 나오잖아."

"그래, 그게 어려워. 5개만 남겨두면 100개를 키울 여력을

5개에 모두 쏟아부어 더 크고 더 달고 맛있는 복숭아를 만들어.

뿌리는 100개의 복숭아를 키울 여력으로 5개만 키우니까."

목탁

보리수나무가 으스대며 말했다.

"나는 붓다를 깨닫게 했고,

붓다가 열반에 들 때 지켜보았어.

세상에 나보다 더 위대한 나무는 없어."

"당신은 지켜보기만 했지 다른 무엇을 했는가?"

성자의 목탁이 된 개살구나무가 근엄하게 말했다.

E=MC²

농부가 말하는 나무를 시장에 내다놓았다.

사람이 구름처럼 모여들었다.

"이 나무가 만 원입니다!"

한 상인이 궁금해서 농부에게 물었다.

"말하는 나무라면서 만 원이면 너무 싼 거 아니오?"

나무가 말을 하기 시작했다.

"$\sqrt[3]{\pi}$, E=MC², 순수이성비판, 카플러 법칙…."

농부가 말했다.

"내가 알아들을 수 있는 말이어야 나에게 가치가 있죠."

삶의 극치

오죽과 장미가 나란히 자랐다.
오죽은 50년을 살더니 꽃을 피웠다.
그리고는 죽었다.
지켜보던 장미가 옆에 다른 오죽에게 물었다.
"참 이상하네. 50년을 살면서 꽃 한번 피우고 죽다니.
우린 꽃피우고 지고 그러면서 계속 사는데…."

그러자 어린 오죽이 기품 있게 말했다.
"우리 꽃의 열매는 봉황새가 먹지요.
함부로 보이지 않는 봉황새를 그리며 일생을 살다가
그 새를 보고 나면 삶을 제대로 살았다고 기쁨을 느끼며
생을 마감한다오."

사군자

매화, 난, 국화, 대나무가 모여서 누가 진정한 군자인가
논쟁이 벌어졌다.
먼저 매화가 입을 뗐다.
"나는 말이야, 이른 봄에 봄시샘 이른 봄에 가장 먼저
꽃을 피우잖아. 눈이 내릴 때 말이야.
그러니까 내가 군자야."

이에 질세라 난이 대꾸했다.
"너처럼 일찍 일어나서 꽃을 먼저 피운다고 해서 군자가 아니야.
정갈하게 마음을 가다듬고 꽃을 피워야지.
군자란 이렇게 정숙해야 되는 거야."

가만히 있던 국화가 말을 이었다.
"그래 너희들 말도 일리가 있기는 해.

하지만 난 둥글고 꽃잎이 많은 꽃을 피우려고
쌀쌀한 봄과 지독한 더위를 견디고 인내하며 기다렸던 거야.
군자의 미덕이지."

한동안 침묵이 흐르고 모두 대나무를 바라보았다.
"난 말이야, 군자의 기상을 품고 사계절의 오묘한 흐름을
푸른 잎으로 간직하며 혼자 기다렸어.
당연히 내가 군자지!"

조용히 듣고 있던 군자란이 말했다.
"너희들 내 이름 갖고 장난치지 마!
군자는 자신이 스스로 군자라고 하지 않아.
남들이 군자라고 불러야 진정한 군자야. 나처럼!"

앵속

농부의 밭에 콩과 양귀비가 같이 자랐다.

둘은 이웃하여 살면서 으르렁거렸다.

먼저 양귀비가 입을 열었다.

"너는 꽃이 예쁘지 않아.

그것도 꽃이라고 할 수 있니?

내 꽃은 모양도 예쁘지만 향기도 일품이야."

이에 질세라 콩도 대꾸했다.

"내 꽃은 작지만 열매를 맺을 만큼의 향기를 가졌단다."

"하지만 말이야, 난 꽃 주머니에 32,000개나 되는 지식이 들었어.

넌 고작 두 개 아니면 세 개밖에 없잖아."

"그래. 난 두 개 아니면 세 개밖에 없어.

그러는 넌 사람을 꼬이기 위해 32,000가지나 준비했으니,
너의 앵속(罌粟)은 요괴주머니잖아."

과망(過望)

장미를 너무 아끼는 사람이 수많은 종류의 장미를 키웠다.
그는 장미를 가꾸고 돌보는 것이 인생의 가장 큰 낙이었다.
그런데 어느 날부터인가 장미 도둑이
가장 새이 예쁘고 아름답게 핀 장미만 꺾어갔다.
장미를 함부로 꺾어가는 바람에 꺾어가는 장미뿐 아니라
다른 장미넝쿨도 망가뜨렸다.

"그래, 그 사람도 꽃이 꼭 필요해서 가져갔을 거야.
하지만 필요한 것만 가져가게 가위를 걸어놓아야겠어."

다음날 그는 가장 예쁘게 핀 장미넝쿨에 가위를 걸어놓았다.
그 다음날 장미원은 또 엉망이 되었고,
전과 같이 장미는 부러지고 꺾여 있었다.
화가 난 주인은 가위를 걸어둔 곳에 갔다.

그곳엔 가위와 함께 쪽지 하나가 걸려 있었다.

"가위를 주시려면 장미를 한 번에 싹둑 자를 수 있는
가위를 걸어두시오. 가위로 장미를 자르는 것보다
차라리 꺾는 것이 낫겠소."

실락원

양지바른 야산에 자라고 있던 사철나무가 어느 날
부잣집 정원에 있는 다른 식물 이야기를 듣고 자기도
그 부잣집 정원에 가고 싶었다.
그러던 어느 날 부잣집 정원사가 새로운 것이을 꾸미시 위새
나무를 구하러 산에 왔다.
마침 그곳에 있던 사철나무를 발견하고 부잣집 정원으로
옮겨갔다.
사철나무는 거름과 물을 실컷 먹고 자랐다.
하지만 사철나무는 햇빛을 좋아해 남쪽으로 가지를
뻗고 싶었으나 정원사는 가지를 모두 잘라버렸다.
"전에 살던 산에서 그냥 자라는 것이 좋았을 걸…"

과욕

떡갈나무는 가을에 잎이 떨어지는 것이 싫었다.
푸르고 정열적으로 보이고 싶었고,
소나무, 잣나무, 전나무처럼 늘 푸르길 원했다.
떡갈나무는 잎이 더 넓으므로 더 멋있을 거라고 여겼다.

떡갈나무는 가을에 잎이 떨어지지 않고 파랗게 자랐다.
다른 나무들은 모두 부러워했다.
겨울이 되어 눈이 차곡차곡 쌓이고,
잎은 더 이상 눈을 견디지 못하고 가지가 전부 부러졌다.
소나무가 말했다.
"잎이 나처럼 좁지도 않고 그 큰 잎으로 겨울을 나려 하다니….
네 분수나 알아라."

침묵 1

소나무 씨앗이 큰 바위 옆에 떨어져 그곳에서 자랐다.
어린 소나무는 차츰 커가면서 땅속으로 뿌리를
뻗어나가기 시작했다.
그러나 바위에 막혀 뿌리를 내리는 것이
너무 힘들었다.

"당신이 여기 있어 난 정말 힘들고 불편해요.
내가 얼마나 힘든지 알기나 해요?
난 왜 하필 여기에 살게 되었지?"

바위는 그 책망에도 아무 대꾸도 하지 않은 채
묵묵히 앉아 있었다.
계절이 여러 번 바뀌어 소나무는 자신의 뿌리를 조금씩
조금씩 바위 밑으로 뻗어나가는 것에 비례해

바위에 대한 불평과 불만은 늘어갔다.

그러던 어느 해 여름,
비가 엄청나게 많이 내리고 바람도 굉장히 심했다.
좋은 땅에 살던 나무들은 비 때문에 모두 뿌리가 뽑혔다.
그러나 바위 밑으로 뿌리를 뻗은 소나무는 바위가 누르는
무거운 힘 덕분에 폭풍우에도 끄떡 않고 무사히 지날 수 있었다.

비가 그치고 해가 나자
"당신 덕분에 무사히 지낼 수 있었군요.
당신은 나의 구세주입니다.
정말 고맙습니다."
라고 소나무가 감사의 표시를 했다.
그러나 바위는 비난받을 때와 같이 아무 말도 하지 않았다.

왕관

마을 한가운데 커다란 고목나무가 있었다.
그 나무가 얼마나 오래 살았는지 어른들도 몰랐다.
마을에서는 나무를 끔찍이 보호했다.
나뭇 어늠센 그 그들에서 밤을 이겼고,
나무 위 까치집에선 반가운 손님을 알렸다.

어느 날 밤 두더지가 나무 밑을 헤집고 지나가다가
나무 뿌리 사이에 있는 황금 왕관을 보고 땅 밖으로 나와
나무에게 물었다.
"당신 뿌리들 사이에 멋진 황금 왕관이 있던데
당신도 알고 있나요?
만약 당신 발밑에 왕관이 있는 걸 알면 사람들이 당신을
더 사랑할 텐데."

그러자 고목은 벌벌 떨며 말렸다.

"이보게, 자네 아무에게도 그런 소리 말게.

만일 오늘 본 것을 사람들이 알면 사람들은 틀림없이

나의 뿌리를 파헤쳐 금관을 꺼낼 거야.

사람들은 내 목숨이 다할 때까지 기다리지 않아."

성자(聖者)의 뜰

단풍나무 한 그루가 산 중턱에 살았다.

단풍나무는 산 아래 성자를 좋아해 자기 씨앗이

성자를 가까이 볼 수 있는 곳에서 자라길 빌었다.

그녀는 자신이 씨앗을 심기 이전 매년 제 씨앗이 심어진,

인자함, 명성 등에 대해 씨앗들에게 들려주었다.

가을이 되어 단풍나무는 바람에게 부탁해

성자가 항상 보이는 뜰에 자신의 씨앗들 가운데

가장 튼튼하고 귀엽고 아끼는 것을 날려보냈다.

단풍나무 씨는 그곳에서 씨앗을 틔어 자랐다.

그리고 성자를 보며 항상 즐거운 마음으로 경건한 삶을 살았다.

그렇게 몇 해가 지나 봄이면 파란 잎을,

가을이면 붉은 잎을 성자에게 보였다.

그러던 어느 해 무심히 지나던 성자의 제자가
나무를 베어야겠다고 했다.
어린 단풍나무는 그 제자에게,
"나는 당신의 스승이 좋아요.
당신의 스승을 존경해 여기까지 왔어요.
그냥 이곳에 살게 해주세요."
하고 애원했지만 성자의 제자는 들은 체도 않고 베어버렸다.

이를 본 은행나무가 안타깝게 말했다.
"네가 아무리 그 성자를 존경해도 그 성자는 너를 몰라.
그는 사람들에겐 성자지만 우리들에겐 성자가 아니야."

겨우살이

겨우살이가 참나무에 붙어서 영양분을 빼앗아 갔다.
참나무가 겨우살이에게 말했다.
"넌 내 몸에 붙어 사는 주제에 왜 자꾸 자식을 퍼뜨리는 거야?
네가 나에게 기대어 사는 것만 해도 미안하지 않니?"

그러자 겨우살이는
"당신도 나와 마찬가지 아닌가요?
당신은 땅에 얹혀서 땅의 자양을 뽑아먹지 않나요?
게다가 도토리까지 많이 만들어서 퍼뜨리잖아!"
하고 당당하게 말했다. 그리고는 조금도 미안한 기색 없이
참나무에 계속 붙어서 살았다.

다이어트

어느 마을에 커다란 느티나무가 살았다.

그 나무 위에는 학이 집을 짓고 있었다.

사람들은 학의 흰색이 고고하고 멋있다고

보기만 하면 감탄했다.

느티나무는 사람들에게 시원한 그늘을 제공하는데도

늘 학을 더 칭송하는 소리를 듣자

자신의 푸른 잎을 흰색으로 만들고 싶었다.

그래서 학에게 물어보았다.

학은 모르겠다고 했다.

다시 바람에게 물어보았다.

역시 모르겠다고 했다.

나무는 실망했다.

그러던 어느 날 검은 도둑 고양이가 나무 밑에 와 자게 되었다.

고양이는 나무의 걱정을 알고 말했다.

"간단해. 뿌리에게 물과 영양을 줄기와 잎으로

보내지 말라고 해."

느티나무는 검은 도둑 고양이 말대로 했고,

느티나무는 서서히 마르고 잎이 하얗게 되어 얼마 안 가

잎이 다 떨어져 죽게 되었다.

공생공사(共生共死)

감자밭 옆에 독풀이 살았다.

감자는 농부의 양식이 된다는 것에 기분이 나빴다.

농부가 감자를 가져가지 않으면 더 많은 씨가 자기 뒤를

이을 것이라고 생각했다.

감자는 땅위로 싹을 내며 독풀에게 물었다.

"어떻게 하면 흙에서 독을 뽑아내 몸에 채울 수 있지?"

독풀이 말했다.

"내가 시키는 대로만 하면 돼.

그러면 네 몸에도 독이 가득해서 누구든지 너를 건드리면 죽어.

아무도 널 건드리지 않을 거야."

독풀은 매일 자세히 감자에게 독 만드는 법을 가르쳐 주었다.

감자는 이제 다 자랐다.

농부는 잘 자란 감자를 확인하기 위해 몇 개를 삶아 먹었다.
독은 이내 농부의 몸에 퍼져 농부는 죽었다.

감자는 너무나 기뻤다.
자신이 이제 농부의 식탁에 오르지 않는 것이 꿈만 같았다.
드디어 겨울이 되어 감자는 밭에서 겨울을 나게 되었다.
추운 겨울에 땅은 얼어붙었고,
감자도 땅속에서 얼어죽고 말았다.

비교우위

깊은 산속에 다람쥐가 살았다.

다람쥐는 먹을 것이 너무 많았고 언제나 즐거웠다.

그러던 어느 날 다람쥐는 산삼을 발견하고 앞발로 열심히 파서

산삼 뿌리를 캐내 맛을 보았다.

"사람들이 산삼이 그렇게 좋다더니 쓰기만 하고 별맛도 없군.

도토리가 훨씬 더 맛있어."

땅속에서 크는 오이

오이는 늘 자신이 다 자라기 전에 농부가 따가는 것이 두려웠다.
곰곰이 생각한 끝에 오이는 조물주에게 부탁했다.
"감자나 고구마처럼 땅속에서 열려 오이가 완전히
어붙게 해주십시오."

조물주는 이미 그 방법을 고구마나 감자에게 가르쳐 주었으니
그들에게 물어보라고 했다.
오이는 고구마에게 물어 그 해답을 듣고는
고구마가 가르쳐 준 대로 땅속에서 오이가 달리게 했다.
오이는 너무나 기뻐 어쩔 줄 몰랐다.

한편 농부는 오이가 넝쿨만 무성하고 꽃도 피우지 않는 데다
오이도 보이지 않자 오이넝쿨을 베어버렸다.

가치

대학 원예과에서 키운 배롱나무와 시골 농부가 키운
배롱나무가 시장에서 만났다.
대학에서 자란 배롱나무는 우쭐대며 옆 배롱나무를 깔보았다.
"나는 교수가 전지를 하고 석박사가 물을 준다네.
하지만 자네는 뭔가?
무식한 농부가 전지를 하고, 물을 주고, 거름 주어 키웠지.
나는 자네와는 상대가 되지 않는 가치가 있다는 걸 인정하지?"

그러자 시골에서 자란 배롱나무는 이렇게 말했다.
"당신이 가치가 있을 때는 대학에 있을 때지 지금은 아니야.
당신이나 나나 모두 시장에 나온 매물이 아닌가.
우리의 가치는 사려는 사람의 눈에 달렸지."

정상

바람이 산 아래에서 시작해 산꼭대기에 도착했다.
바람은 산 정상에서 키가 아주 작은 물푸레나무에게 물었다.
"당신은 꽤 나이를 먹은 것 같은데 왜 저 아래 계곡의
친구들보다 작아요?"

물푸레나무는 작지만 위엄을 갖추고 말했다.
"누구나 정상에 오르면 밑에 있는 시기하는 자들 때문에
클 수가 없네.
조금만 무슨 일이 있어도 끌어내리려 하고,
없으면 만들어내지.
자네가 위로 밀려 올라온 것처럼."

문패

총리의 집에 문패를 달았다.
사람들은 그 문패를 보고
"대단해."
"굉장하군."
"멋있는데."
"훌륭해."
하고 감탄했다.

이에 우쭐해진 문패가 대문 옆 사철나무에게 자랑했다.
"모두 내 앞에 와서 나를 보고 놀라지.
내가 얼마나 위대한지 알겠지?"

사철나무는 아무 대답도 하지 않았다.
하지만 옆에 서 있던 접시꽃이 참견했다.

"당신은 무슨 나무요?"

"나는 천 년 묵은 향나무였네."

"여보시오! 당신은 당신 이름도 지키지 못하면서
무슨 자랑이요?

감탄을 보낸 것은 총리의 이름이지 당신 본래 이름이 아니오."

향나무 문패는 향내만 내고 아무런 대꾸도 하지 못했다.

상승 vs 추락

숲속에 200년이나 된 소나무에 칡이 감고 올라갔다.
처음에 칡은 소나무보다 훨씬 작았지만
굉장히 빠른 속도로 감고 올라갔다.
그렇게 몇 년이 지나자 드디어 소나무 꼭대기까지
넝쿨을 감고 올라갔다.
칡은 밑을 내려다보고 선포했다.

"지금부터 내가 칡의 왕이다.
나보다 더 높은 곳에 있는 칡은 없다.
모두 나를 왕이라고 해야 한다."

그리고는 계절이 바뀌어 어느 해인가
나무꾼이 집을 짓기 위해 소나무를 베어가면서
감고 있던 칡넝쿨도 모두 잘랐다.
칡은 땅바닥에 내동댕이쳐졌다.

밤이 좋아

해가 서쪽으로 넘어가고 달이 대지를 적시면
달맞이꽃이 핀다.
꽃이 피자 나팔꽃이 물었다.
"당신은 환한 내낮에 꽃을 띄워야지,
깜깜한 밤에 누가 보라고 피는 거요?
나처럼 아침에 하루를 상쾌하게 열면 얼마나 좋아."

달맞이꽃이 조용히 대답했다.
"당신처럼 남에게 보이기 위해 낮에 꽃을 피우고 싶지는 않아.
꽃을 피우는 것은 내면의 충만을 위해서야.
낮이면 온갖 군상이 다 모여들어 나 자신을 방해하기 때문에
난 밤이 좋아."

당신의 생명을 지켜드립니다

〈당신의 생명을 지켜드립니다〉라고 쓰여진 표시 옆에 사는
나무를 항상 부러워하던 버즘나무가
드디어 자신의 씨앗을 바람에게 부탁해 그곳으로 보냈다.
버즘나무 씨는 싹이 터서 자랐고,
자신을 지켜준다는 말에 걱정 없이 커갔다.
몇 해가 지나 버즘나무는 같이 심어진 무궁화와 비슷하게 컸다.
어느 날 파출소장이 장관이 온다고 청소를 하면서 무궁화꽃이
보이지 않는다고 버즘나무를 뿌리째 뽑아버렸다.

당신의 생명을
지켜 드립니다

혁명

산불이 났다. 불은 맹렬한 기세로 숲에 번지기 시작했다.
전부 타서 죽게 된다고 난리였다.
그러나 키가 작은 송이풀들은 너무너무 좋아했다.
이 이상한 광경에 다른 나무들이 물었다.
"아니 모두 죽는다고 근심걱정에 싸여 어쩔 줄 모르는데
당신들은 불이 두렵지 않고 좋아?"

그러자 송이풀이 대답했다.
"불이 나지 않으면 저 큰 소나무, 참나무, 자작나무, 잣나무,
전나무 모두 나에게 햇볕을 나눠주지 않아.
그냥 있어도 빛이 없어 죽고, 불이 나면 타서 죽지.
하지만 이제 불이 났으니 나는 죽지만 내 자식은
햇볕을 마음껏 받아 무럭무럭 잘 자랄 거야."

탱자

농부가 과수원에 도둑 드는 것을 막기 위해 탱자나무를 심었다.
과수원에는 사과나무와 배나무가 자랐고,
울타리인 탱자나무도 자랐다.

몇 해가 지나 과수원에는 사과와 배가 탐스럽게 자랐고,
가을이 되자 맛있는 과일이 주렁주렁 달렸다.
도둑이 이때를 놓치지 않고 어느 날 밤 과일을 모두 훔쳐갔다.
농부는 탱자나무 가시가 시원치 않아 도둑이 들었다고
탱자나무를 나무랐다.

그 말을 듣고 탱자나무가 가시를 세우며 말했다.
"나는 원래 내 탱자를 지키려고 가시가 있는 것이지
사과나 배를 위해 가시를 만들지 않았어요.
당신도 당신 자신을 위해 과수원을 만들었지,
다른 사람들을 위해 사과와 배를 키우지 않았잖아요."

왕 선출 1

온갖 나무가 뒤섞여 살아가는 숲에서 나무들끼리
왕을 뽑기로 했다.
왕을 뽑는다는 이야기가 나오고 얼마 후 왕이 선출되었다.
가장 튼튼하고 수려하며 곧게 뻗은 나무가 아니라
엉뚱한 나무가 왕으로 뽑혔다.
왕으로 가장 지목받던 나무의 비둘기가 물었다.
"내가 보기에 당신이 왕으로 적합하다고 생각했는데
어떻게 된 거요?"

그러자 나무가 대답했다.
"눈에 보이는 것으로 결정한 게 아니라 남들이 못 보는
뿌리로 결정했다네.
세상의 권력은 눈에 보이지 않는 곳에서 결정되고,
그 결정이 세상을 지배한다네."

속이 썩은 왕

나무들이 왕을 결정하기로 하고 왕 후보를 전부 조사했다.
먼저 외모가 당당하고 가지가 잘 뻗어
크고 우람한 나무를 고르고,
다음으로 뿌리를 조사해 깊게 내려가고 넓게 퍼진 나무를
선택하기로 했다.
선택된 왕은 위엄을 갖고 통치하기 시작했다.
"뿌리를 튼튼히 해라.
줄기는 힘 있게 뻗어 잎이 햇볕을 받아
단단하고 질 좋은 나무가 되어라."

왕의 명령은 모든 나무에게 빠짐없이 전해졌고,
그리하여 다른 숲에서는 감히 엄두도 못 낼 위엄을 이루었다.
그리고 몇 년이 지나 심한 폭풍우가 몰려왔고,
나무들은 심하게 흔들리긴 했지만

튼튼하게 자란 나무들은 견뎌냈다.

하지만 나무들의 왕인 느티나무는 부러졌다.

부러지면서 왕의 신하들도 같이 부러졌다.

나무들은 모두 놀랐다.

그리고 그들은 왕이 왜 부러졌는지 알았다.

겉보기에는 뿌리도 줄기도 괜찮았지만 속은 썩어 있었다.

벌들은 여기저기에 있
는 꽃을 찾아다닌다.
그 꽃들에게서 꿀을 따
오지만 그 꿀은 벌의
것이다. 그것은 더 이
상 백리향이나 박하가
아니다. 우리 또한 그
처럼 다른 사람들에게
서 빌려온 것을 가지고
자기 것으로 탈바꿈시
키는 것이다.

몽테뉴
Michel de Montaigne

PART 3

무상

처음처럼

숲의 소나무들이 쑥을 보고 멸시했다.
"너희들은 기껏해야 가을까지 잎과 줄기가 푸르지만,
우리는 겨울 동안에도 푸른 잎과 줄기가 살아 있네.
올해 이루어 놓은 것을 내년에도 이어가야 큰일을 성사시키지.
너희들처럼 매년 모두 버리면 언제 뜻을 성취하나?
참 안 됐네."

그러자 쑥은 소나무를 보고 말했다.
"나는 일 년에 한 번씩 모든 것을 버리고 잊었다가
봄이 되면 새로운 나 자신을 볼 수 있어요.
당신은 그 줄기와 싱싱한 잎 때문에 버리고 다시 시작하는
설렘을 모를 거예요."

침묵 2

노린재나무에 뱁새가 둥지를 틀었다.

뱁새 부부는 둥지에 알을 낳고 품기 시작했다.

뻐꾸기가 숨어서 지켜보다가 뱁새가 둥지를 잠깐 비운 사이

뱁새의 알 하나를 둥지 밖으로 떨어뜨렸다.

그리곤 둥지에 자신의 알을 낳고 자리를 떴다.

뱁새는 다시 돌아와 알의 숫자만 확인하고 아무것도 모른 채

계속 알을 품었다.

드디어 알 중 하나가 껍질을 깨고 세상에 나왔다.

알에서 깨어나온 새끼는 옆에 있는 알들을 모두 밖으로

밀어내 둥지에 혼자만 남았다.

뱁새 부부는 이 외톨박이를 열심히 벌레를 잡아다 먹여 키웠다.

새끼는 이제 뱁새 부부보다 훨씬 더 몸집이 컸다.

어느 날 뻐꾸기 한 쌍이 뱁새 부부 둥지에 날아와

"뻐꾹, 뻐꾹"
하고 울자 어린 새끼는 날개를 퍼덕이며 뻐꾸기를 따라갔다.

먹이를 물고 집으로 돌아온 뱁새 부부는 새끼를 찾았지만
새끼는 없고 빈 둥지만 남았다.
뱁새는 집 나간 새끼가 걱정되어 이리저리 울며 찾았지만
새끼는 다시 돌아오지 않았다.

이를 지켜본 노린재나무는 그 사실을 뱁새에게
알리고 싶었다.
그러나 지나가던 바람이
"쉿!"
하고 입을 다물라고 했다.

존재의 이유

농부가 땔감을 구하러 산에 갔다.

많은 사람들이 나무를 베어가 산에는 좋은 나무가 없었다.

농부는 선택의 여지없이 아카시아 나무를 베었다.

조심스럽게 있으로 베었지만 손, 팔, 다리 할 것 없이

가시에 찔려 피가 났다.

"에이, 쓸모도 없는 주제에 가시는 왜 이리 많아?

가시가 있으면 나무질이나 좋든지 아니면 가시라도 없든지…."

농부의 불만을 듣고 아카시아 나무가 말했다.

"아무 데서나 뿌리내려 남들이 천하게 여길수록

자신을 지킬 수 있는 걸 가지고 있어야 그나마 내 존재를 알지."

생존

울창한 숲에 머루나무가 소나무를 감고 올라왔다.
바람이 불면 혼자였을 때보다 더 흔들려 쓰러질 것 같았고,
눈이 많이 오면 가지가 부러질 위험이 더 높았다.
소나무가 머루넝쿨에게 물었다.
"야, 머루나무야. 나를 감고 올라오지 말고 밑에서 살아.
땅이 더 안전하고 좋잖아."

머루나무는 넝쿨손을 더 강하게 조이며 소나무에게 대꾸했다.
"누구는 그렇게 살고 싶지 않은 줄 알아?
내가 땅위로만 기어가자 당신과 당신 친구들 모두 햇볕을
차지하고 내게는 나눠주지 않아 살 수가 없어.
그러니 어째, 내가 살기 위해 당신 몸을 감고 올라가는
것밖에 다른 방법이 없는 걸."

통치

임금님이 보리수 아래서 높은 보리수를 쳐다보며 탄식했다.
"너희 잎이 너를 사랑하듯이 나의 신하들이 나를 진실로
사랑해 주면 얼마나 좋을까?"

그러자 보리수는
"나는 잎을 푸르게 하기 위해 줄기와 뿌리로부터 수액을
충분히 보내지요.
그렇게 해야 잎이 푸르게 됩니다."
하고는 잎을 흔들었다.

외모

잘 다듬어진 멋진 정원에 아름답게 장미가 피었다.
그 정원의 어린 선비가 장미를 발견하고는
아름다움과 향기에 취해서
"너의 모습은 정말 아름답구나!
그리고 향기는 또 얼마나 좋아.
너를 먹으면 굉장히 맛있을 거야."
하고 꽃잎을 뜯어서 입에 넣고 씹었다.

꽃은 어린 선비가 생각했던 것과 달리 맛이 없고 쓰기만 했다.
어린 선비는 입속에 든 장미를 뱉으며,
"이 사기꾼아! 나를 이렇게 속일 수 있어?
너의 모습에 반해서 나만 속았잖아."
하고 장미를 나무랐다.

장미는 붉은 꽃잎을 더욱 붉히며 말했다.

"속인 쪽은 내가 아니라 당신입니다.

당신 자신이 스스로 속은 것입니다.

나는 향기와 붉은 꽃잎만 가졌지,

먹어서 맛있다고 표현한 적이 없습니다.

당신이 나에게 그 이상을 바랐기 때문입니다."

믿음

사과나무, 배나무, 밤나무, 독풀이 이웃해서 함께 살았다.
나무들은 커서 사과, 배, 밤이 달렸다.
독풀은 꽃을 피웠지만 어느 누구도 관심을 보이지 않았다.
독풀은 화가 나서 독을 잔뜩 품고 조물주에게 푸념을 했다.
"왜 내게 독이 생기게 해서 모두 나를 피하게 했어요?"

독풀의 말을 듣고 조물주는
"사과나무, 배나무, 밤나무 그리고 너에게 똑같이
비와 바람, 그리고 햇빛을 주었다.
너에게만 특별히 더 주거나 덜 준 것은 없느니라."
하고 점잖게 말했다.

이에 독풀은 독이 더 올라
"배나무는 배, 밤나무는 밤, 사과나무는 사과가 열리게 했으면

나에게도 사과, 배, 밤 다 열리게 하든지, 아니면 그 중
하나라도 열리게 해줘야 하는 것 아닙니까?"
하고 항의하듯 덤볐다.

조물주는 길게 하품을 하더니,
"네 몸에 지금 독이 있는데 네가 만든 열매라고 다르겠느냐?
만약 너에게 과일이 달리게 되면 나의 믿음이 상실 돼.
사과는 사과로 있어야지 독사과가 되면 어떻게 살아."
하고 우수를 즐기기 깠다.

장미와 엉겅퀴

빨간 장미꽃 옆에 진자줏빛 엉겅퀴꽃이 피었다.
참새들이 지나가면서 장미 향기가 너무 좋다고 재잘거렸다.
조금 있다가 한 떼의 굴뚝새가 장미 가지에 앉아 엉겅퀴에게
"너는 참 좋겠다. 아름다운 장미가 향기까지 보내주니.
보기도 좋고 냄새도 좋아, 금상첨화네."
하고 말을 걸었다.

하지만 엉겅퀴는 시무룩하게 굴뚝새들의 말을 되받았다.
"그런 소리 하지도 말아.
내가 장미를 닮아 진자줏빛으로 꽃을 피웠지만
벌과 나비는 장미에게 먼저 가.
그리고는 장미만 아름답고 향기가 좋다고 하지.
나에겐 관심도 없어.
나는 장미 옆에 사는 게 정말 괴로워."

용도 폐기

은행잎이 가을이 되어 바람에 날아갔다.
바람에 실려가면서 은행잎은 공작 깃 하나를 만났다.
공작 깃은 은행잎을 보자 거만하게
"너는 작은 낙엽이네. 내가 누군지 알아?
난 그 유명한 공작의 깃이야."
하고 거드름을 피웠다.

은행잎은 조용히 바람에 몸을 맡기고 말했다.
"나는 천 년이나 산 천년기념물 은행잎이야.
하지만 지금은 나나 너나 둘 다 떨어져
바람에 실려가는 신세야!"

삶

200년 된 버드나무가 가끔 창백해지곤 했다.
주위의 나무들과 어린 버드나무들이 걱정이 되어
딱따구리에게 부탁했다.
딱따구리는 부리로 구멍을 뚫고 속을 살펴보았다.

"속이 많이 썩어가고 있네.
보기엔 항상 행복해 보였는데 어떻게 된 거야?"
하고 딱따구리가 버드나무에게 물었다.

버드나무는 깊은 한숨을 쉬고 말했다.
"나만큼 살아봐.
내 주위 나무들의 비난, 자식들 걱정, 물 걱정,
불이 나지 않을까 하는 불안, 벼락에 대한 두려움.
이런 것들 때문에 나도 모르게 속이 썩어간다네."

진정한 선행

무화과와 보리수가 이웃해 살면서 다투었다.
"우리는 에덴동산에 살면서 아담과 이브가 쫓겨날 때
가장 부끄러운 곳을 가려주었지.
누가 그 부끄러운 일을 찌렁히 있니!"
하고 무화과나무가 자신의 선행을 자랑했다.

그러자 이에 뒤질세라 보리수가
"너희들은 겨우 감추고 싶은 곳을 덮어주었지만 우리는 달라.
우리는 깨달음을 얻도록 편안함을 제공했어.
너희들하고는 차원이 틀려."
하고 말을 받았다.
둘은 계속해서 서로 자신들이 훌륭하다고 우겼다.
이를 지켜보고 있던 키나나무가 조용히 말했다.
"너희들은 겨우 잎이나 그늘로 우열을 가르지만 나는 달라.
나는 내 몸의 껍질을 벗겨 키니네를 세상에 내놓지."

나무에게 길을 묻다
식물우화

세상 인심

독재로 악명이 높은 대통령이 문화회관 준공식에 참석했다.
그는 기념 테이프를 끊고 자신이 왔다갔다는 기념으로
배롱나무 한 그루를 뜰에 심고 나무 앞에
〈대통령 무지한〉
이라고 팻말을 붙였다.

며칠이 지나 나무는 가지가 숱하게 부러졌다.
책임자가 불려오고, 나무는 삼엄한 보호 아래 지냈다.
가끔 누군가 와서 가지를 꺾었고,
그때마다 경비원이 새로 바뀌었다.

그렇게 몇 년이 흘러 독재자는 권좌에서 물러났다.
그와 동시에 배롱나무도 뿌리째 뽑혀 불태워졌다.

자유의 길은 멀다

호두가 땅에 떨어져 흙에 묻혔다.
봄이 되어 호두껍데기 속에서 호두가 싹을 틔어
땅위로 올라가려고 준비했다.

그러자 호두껍데기는
"내가 너를 안전하게 내 속에 넣어 보호했잖아.
나도 밖으로 나가야겠어."
하고 어린 싹에게 말했다.

새싹은 있는 힘을 다해 껍데기를 이고 땅위로 올라왔다.
하지만 껍데기는 새싹의 머리 위에서 내려오려 하지 않고
"더 높이 올라가야겠어.
난 원래 이보다 더 높은 곳에 있었어.
너 때문에 내가 이렇게 아래로 내려왔단 말이야."

하고 버텼다.

어린 싹은 땅위로 껍질을 이고 나오는 것에 자신의 온힘을
다 써버려 결국 허리가 굽어 땅에 주저앉고 말았다.

무상(無想)

캄캄한 한밤중에 미친듯이 폭풍우가 불어와 키가 엄청나게
큰 떡갈나무가 '쿵' 하고 쓰러졌다.
그러자 그보다 작은 많은 나무가 깔려 부러지고 넘어졌다.
떡갈나무가 넘어진 곳에서 멀지 않은 작은 여우 굴에서
여우가 나와 쓰러진 떡갈나무를 보고는 이렇게 말했다.
"무슨 나무지? 이 나무가 이렇게 크다니."

그 말을 들은 떡갈나무가 말했다.
"너는 언제나 아래만 보고 살았지 위는 쳐다보지 않았어.
또 나는 항상 위만 보고 컸기 때문에 내가 이렇게 되어서야
너를 만난 거야."

악심(惡心)

수양버들이 가시나무에게 말했다.
"너는 어째서 네 앞을 지나는 인간들의 옷을 탐내지?
인간의 옷으로 무얼 하려는 거야?"

가시나무는 가시를 더욱 꼿꼿이 세우고 말했다.
"전혀 소용이 없어.
더구나 옷을 빼앗고 싶은 생각은 더더욱 없고.
하지만 내게 없는 옷을 입고 있으니 그저 갈가리 찢어놓고
싶을 뿐이야."

잘 되면 제탓, 못 되면 조상탓

우거진 숲에 독풀이 자라고 있었다.
주위의 모든 나무와 풀들이 독풀에게 물었다.
"숲에 사는 모두가 살기 좋은 곳에서 좋은 것만 만드는데
왜 너는 독을 만드니?"

이에 독풀은 불만이 가득한 표정으로 답했다.
"이봐, 여기 사는 나무와 풀이 좋은 것은 자기들이 빼앗아 먹고
나쁜 것만 나에게 남겨놓잖아.
좋은 것은 못 먹고 나쁜 것만 먹으니 독이 생겼지."

필생즉사

수행자가 큼직한 꽃게 한 마리를 잡았다.

'살생'했다는 말을 듣기 싫어서 펄펄 끓는 가마솥 위에

싸리나무 가지를 한 개 걸쳐놓고,

"여기를 네가 무사히 건너면 살려주마!"

하고 꽃게를 건너게 했다.

살려준다는 말에 꽃게는 온 힘을 다해 옆으로 기어서 건넜다.

그러자 수행자는 다시

"너 다리 재주가 정말 신통하구나!

다시 한 번 이번에는 똑바로 걸어서 건너보아라!

하며 다시 되돌아가게 했다.

가마솥 위에 걸쳐진 싸리나무가 나직하게 중얼거렸다.

"필생즉사(必生則死), 필사즉생(必死則生)"

대소(大小)의 차이

키가 큰 소나무 옆에 싸리나무가 이웃하여 살았다.
소나무는 언제나 자랑했다.
"나는 나중에 집을 짓는 기둥과 대들보가 될 거야.
너는 뭐야? 키도 작고, 비틀고 그래서 뭐야.
어디 쓸모가 있겠나?"

싸리나무는 언제나 아무 반응이 없었다.
몇 년 후 소나무는 베어져 선비의 집을 짓는 기둥과
대들보가 되었다.

그 집에는 선비의 아들이 있었는데 항상 말썽꾸러기였다.
선비는 소나무 옆에 있던 싸리나무를 잘라 회초리를 만들어
장난꾸러기 아들이 잘못했을 때 따끔하게
싸리나무 회초리로 때렸다.

아들은 커서 과거에 급제해 금의환향해서는
자신을 때리던 싸리나무에게 넙죽 절을 했다.

꿀

졸참나무 썩은 구멍에 꿀벌이 들어와 살았다.
졸참나무가 사과나무에게 자랑했다.
"내 몸속엔 꿀이 흐르지. 달콤한 꿀이."

그러자 사과나무가 말했다.
"그건 당신의 달콤함이 아니야.
당신의 노력의 결실인 도토리를 달콤하게 해야
진짜 당신이 달콤한 거야."

수명

제우스 신이 처음에 가시덤불에게 10년밖에 수명을 주지 않았다.
가시덤불이 5년쯤 살았을 때 쥐가 고양이에게 쫓겨
가시덤불에게 숨겨달라고 왔다.
가시덤불은 숨겨주려 하지 않았다.
쥐는 자신의 수명 일부를 떼어 가시덤불에게 주겠다고 하였고,
가시덤불은 3년의 수명을 늘렸다.

또 세월이 10년쯤 흘러 이번에는 여우에게 쫓긴 토기가
가시덤불에게 숨겨달라고 했다.
가시덤불은 토끼에게 3년의 수명을 떼어서 받았다.

그렇게 15년의 세월을 산 어느 날
사슴이 사냥꾼에게 쫓겨 가시덤불에 숨겨달라고 했다.
가시덤불은 또 수명을 연장하고 싶어 사슴에게 제안했다.

사슴이 수명을 떼어주려는 순간 제우스는 자신의 명을
거역하고 수명을 자꾸 늘려가는 가시덤불에게 노해
가시덤불을 번개로 불태워 버렸다.

거짓의 도시

억새가 하얗게 만발하여 바람에 일렁이는 들판에
백발이 성성한 노인이 홀로 지평선 바라보고 서 있었다.
그곳을 지나던 목동이 물었다.
"누구신가요?"
"나는 사실과 진실을 찾아주는 사람이오."
"그러시면 여기 계시지 말고 사실을 찾아 진실을 밝히시면
되지 않습니까?"

"적어도 여기는 진실은 있지요.
보시오. 바람이 불면 억새가 외치지요.
바람이 분다고.
그러나 인간들이 사는 도시에는 바람이 없어도 바람이 분다고
하는 인간이 수없이 많다오."

충고

하늘의 왕 독수리가 집을 짓기 위해 여기저기 찾아다니다
큰 고목나무를 발견하고 그 위에 집을 짓기 시작했다.
밑에서 위를 쳐다본 생쥐가 말했다.
"여기에 집을 짓기 마세요.
이 나무는 약해요.
언제 쓰러질지 모른다고요."

"하, 조그만 생쥐 주제에 하늘의 제왕인 나를 뭐로 보고 그래?
내가 여기 집을 지으면 잡아먹힐까봐 그러지?
걱정 마라. 너는 잡아먹지 않으마."

그리고는 집을 짓고 새끼를 낳았다.
어린 왕자와 공주는 알에서 부화해서 무럭무럭 자랐다.
어느 날 폭풍우가 불어와 고목이 쓰러져 넘어졌다.

그리고 왕자와 공주도 땅에 떨어져 죽었다.

생쥐가 혼자 중얼거렸다.
"내가 이 고목 뿌리 근처에 집을 짓고 살면서 보니
뿌리도 썩었고 밑동도 썩어서 가르쳐 주었건만 듣지 않았지.
아마 힘이 센 독수리나 매가 말했으면 들었을 거야."

기도

버드나무가 바람에 씨를 날려 보냈다.
하나는 메마르기 짝이 없는 자갈밭에 싹을 틔웠고,
또 다른 씨앗은 냇가에 물이 풍부한 곳에 싹을 틔웠다.

버드나무는 언제나 두 가지 기도를 동시에 한다.
"항상 햇빛이 비추면서 비가 오게 해주세요."

세상의 의견을 좇으며
살아나가는 것은 쉬운
일이다. 혼자 고독 속에
서 제멋대로 살아나가
는 것도 쉬운 일이다.
그러나 가장 위대한 사
람은 세상의 한가운데
살면서도 고독이 주는
달콤한 독립심을 늘 갖
고 있는 사람이다.

에머슨
Ralph Waldo Emerson

PART 4

안목

버릇 고치기

나무를 잘타는 원숭이가 있었다.

나무타기를 더 배우려는 원숭이가 찾아왔다.

"전에 어디서 나무타기를 배운 적이 있느냐?"

"예, 전에 스승에게 6개월간 배웠습니다."

"그럼 너는 바나나 60개를 가져오거라."

그리고 또 다른 문하생이 찾아왔다.

"나에게 오기 전에 누군가에게 나무타기를 배운 적이 있느냐?"

"예, 동네에서 제일 나무를 잘타는 어른께 3개월 배웠습니다."

"너는 바나나 30개를 가져오거라."

얼마 후 또 다른 원숭이가 찾아왔다.

"나무타기를 배운 적이 있느냐?"

"부모님이 일찍 돌아가셔서 아무에게도 배운 적이 없습니다."

"그래? 너는 공짜로 가르쳐 주마."

그러자 이미 수강료를 낸 원숭이들이 항의했다.
원숭이 스승이 근엄하게 꾸짖었다.
"너희들이 전에 배운 것을 모조리 없애는 것이
새로 배우는 것보다 두 배는 힘들다.
아무것도 배우지 않은 자는 내가 말하는 대로 배우기 때문이다."

미운 털

사자가 사슴을 발견했다.
사슴이 살려달라고 애원했다.
"이놈, 너는 미운 털이 박혀서 안 돼!"
하고는 잡아먹었다.

그리고 얼마 후 이번에는 멧돼지를 만났다.
멧돼지도 사자에게 살려달라고 간청했다.
"너도 죽어야겠어. 미운 털이 있어!"
그리고는 잡아먹었다.

이를 지켜보고 있던 떡갈나무가 물었다.
"사슴도 멧돼지도 미운 털이 있다고 죽였지.
도대체 미운 털이 어떤 거야?"
"내 머리에 노랗고 긴 털이 보이지.

난 이게 제일 싫거든. 그런 털이 박힌 놈은 미워서 죽여."

그러자 떡갈나무가 다시 물었다.
"그러면 당신 머리에 있는 털을 없애면 되지 왜 사슴이랑
멧돼지를 죽여?"
"내 털은 뽑으면 위엄이 없어지잖아. 그리고 아프기도 하고…."

안목

겨울 끝자락에 기러기가 왔던 곳으로 돌아가기 위해
높이 날아 하늘 저 끝에 점찍은 듯이 보였다.
제비꽃이 놀라워했다.
"벌이 높이도 올라갔네!"

그러자 동백나무가 말했다.
"아니야, 저건 벌이 아니라 벌새야."

옆에 있던 키 큰 삼나무가 말을 이었다.
"이제 봄인가봐. 제비가 오는 걸 보니…."

비몽사몽(非夢似夢)

불사초(不死草)가 말했다.
"나를 먹으면 어떤 일이 있어도 죽지 않는다!"

그 말을 받아 빈 뱅초(不生草)가 응대했다.
"나를 달여 먹으면 죽지 않는 것이 없다!"

이 말을 듣고 불로초(不老草)가 말했다.
"당신 둘을 동시에 먹으면 어떻게 되지?"

옆에서 가만히 듣고 있던 양귀비가 슬쩍 끼어들었다.
"살았다가 죽었다가, 죽었다가 살았다가 … 계속 그렇겠지.
내가 바로 두 가지를 모두 섞은 것이라네."

무례

여우가 가시덤불 속으로 들어가다가 가시에 찔려
몹시 아팠다.
"넌 내가 가려고 하는데 왜 방해하며 찔러대는 거야?"

가시덤불이 점잖게 대꾸했다.
"여기는 우리 집이야!
당신 집에 누가 함부로 들어오면 가만 두겠어?"

그림

넓은 국토에 막강한 군대와 권력을 가진 왕이 살았다.
어느 날 왕궁으로 신하가 천재 화가를 데려왔다.
화가가 소나무를 그리면 학이 날아와 앉으려 하고,
깅삐금 그니넌 나미가 낚시의 끊을 따러 꼈디.

화가는 왕궁에서 사는 것이 너무나 따분하고 지겨웠다.
다만 한 가지 위로가 되는 것은 어린 공주가 가끔
놀러오는 것이었다.
화가는 그 공주를 위해 맛있고 탐스럽게 잘 익은 복숭아를
그려주었다.

왕은 복숭아를 보고 신하들에게 명했다.
"저기 화공이 그린 것과 똑같은 복숭아를 구해오너라!"

그날 이후 병사들과 신하들은 복숭아를 구하러
온 국토를 헤맸다.
그러나 끝내 복숭아를 구하지 못했다.
왕은 그림 속의 복숭아가 너무 먹고 싶은 나머지
결국 복숭아 그림에 얼굴을 묻고 생을 마감했다.

화가는 그 소식을 듣고 한탄했다.
"그 복숭아는 내가 온 세상을 두루 돌아다니면서 먹어본
수천 개의 복숭아 중에서 제일 좋은 부분만 골라서 그렸지.
그런 복숭아는 없거늘…."

전지

원숭이가 사과나무를 심었다.

사과나무는 무럭무럭 자라서 원숭이 키만큼 컸다.

원숭이는 사과나무가 더 자라면 자신의 키가 작아

사과를 띌 수 없을 기라 여겨 자신의 키보디 큰 기지는

모조리 부러뜨려 버렸다.

이를 본 사람들도 자신의 키보다 큰 나뭇가지는 모두 잘랐다.

그때부터 사과나무의 가지치기가 시작되었다.

가무목(歌舞木)

한 선비가 노래도 하고 춤도 추는 나무가 있다는 소문을 듣고
나무 주인을 찾아서 비싼 값을 주고 사왔다.
나무는 선비 집에 오자 노래도 부르지 않고 춤도 추지 않았다.
화가 난 선비가 나무를 판 사람에게 찾아가 따졌다.
"나를 속여서 비싼 값에 나무를 팔았으니 당신은 사기꾼이오."

"나무를 들에 심어놓고 조금만 기다려 봐요."
하고 나무 주인은 선비를 달랬다.
선비는 할 수 없이 다시 집으로 돌아와
나무를 들판으로 옮겨 심었다.
그날 밤 폭풍우가 몰아치자 나무는 춤을 추며 노래를 불렀다.
비바람이 강해질수록 춤은 더 격렬해졌고
노랫소리도 커갔다.

선비는 너무나 황홀해 집안에서 덩실덩실 춤을 추었다.
이윽고 마지막 일격의 비바람이 나무의 허리를 두 동강 내고
선비의 집으로 넘어졌다.

2% 부족

황량한 들판에 키 작은 노린재나무와 그에 어울리는
작은 연못이 있었다.
연못에는 개구리들이 살고 있었다.
휘영청 밝은 보름달이 노린재나무에 걸린 것을 보고
대장 개구리가 말했다.
"저 밝은 달을 따서 여기 아래에 걸어두면 좋겠어."

"그런데 어떻게 따요?"
어린 개구리들이 근심어린 표정으로 물었다.
"글쎄, 그렇지! 밑에서부터 차례로 어깨 위로 올라가면 되겠다!"
개구리들은 어깨 위에 타고 또 타고 해서 위로 자라듯 커졌다.
그래도 꼭 한 마리가 모자라 닿지 않았다.
"에이, 올해는 한 마리가 모자라 달을 못 따지만 내년에는
꼭 딸 거야, 개골, 개골…."
우두머리 개구리는 못내 아쉬워 달만 계속 쳐다보았다.

사.망.배

$$\bigcirc + \bigcirc + \bigcirc = ?$$

고지식한 식물학자가 사과와 망고, 배를 접목하고

또 종자를 개량했다.

그 결과 사과의 새콤하면서 달콤한 맛과 망고의 꿀 같은 단맛,

그리고 배의 시원하면서 달콤한 맛을 동시에 지니는

과일을 만들었다.

식물학자는 이름을 지어야겠다고 제자들에게 말했다.

한 제자가 제안했다.

"사.망.배가 좋겠어요. 사과맛, 망고맛, 배맛이 다 있잖아요."

다른 제자들도 모두 찬성했다.

이보다 더 나은 이름은 없다고 단정했다.

그러나 식물학자는 이 새로운 과일을 세상에 내놓지 않았다.

이름 그대로 먹으면 죽는 과일이라는 이유에서다.

꼬리 자르기

수탉이 은행나무 아래서 꼬리를 자르고 있었다.

은행나무가 의아해서 물었다.

"그 멋진 꼬리를 왜 자르는 거야?"

"사람들이 우리를 잡을 때 꼬리를 잡고 잡아가.

꼬리가 없으면 못 잡아 갈 거야!"

수탉은 마지막 남은 꼬리를 자르고 크게 소리쳐 울었다.

"꼬끼오~꼬꼬."

유유상종(類類相從)

까마귀는 처음에 노래를 잘 불렀다.

노래할 때 다른 새들도 따라서 같이 불렀다.

까마귀가 좀 더 어려운 노래를 부르자 따라할 수 있는 새가

몇 마리 안 되었다.

까마귀가 더 어려운 노래를 부르자 이번에는 따라하는

새가 없었다.

까마귀는 우쭐해져서 감미롭고 신나는 노래를 계속 불렀다.

새들은 까마귀만 혼자 노는 것이 얄미워서 모임에서 쫓아냈다.

쫓겨난 까마귀는 너무나 슬퍼서 몇날 며칠을 두고 울었다.

그랬더니 까마귀 목소리가 변해서

제일 듣기 싫은 소리로 바뀌었다.

다시 새들은 까마귀와 숲에서 같이 어울렸다.

닭모이

어느 부자가 닭모이가 아까워 모래와 곡식을 섞어서 주었다.
닭은 모래는 먹지 않고 곡식만 골라 먹었다.
"그래, 쌀을 고를 때 일꾼들을 쓰지 말고 닭을 풀어놓아
고르면 되겠다."

그리고는 벼를 수확하는 데 닭을 풀어놓았다.
닭들은 정말 잘 익고 영근 벼만 골라서 먹었다.
이를 지켜보던 하인이
"나리, 닭의 배 속에 든 벼를 어찌하오리까?"
하고 물었다.
"어쩌긴 뭘 어째! 닭 배를 갈라 벼를 꺼내고 다시 꿰매면 되지!"

우주목

장자가 수행의 길을 가고 있었다.

한 고을에 당도해 뿌리는 지하세계에, 몸통은 지상을 거쳐

천상에 이르는 엄청 큰 우주목을 발견했다.

장자는 친신을 끄고 싶어 나무에 오르기 시작했다.

며칠을 올라 구름이 있는 곳에 도착했다.

장자의 앞에 굉장히 커다란 과일이 나무에 달려 있었다.

장자는 과일을 조금씩 베어 먹었다.

달고 시원하면서 맛이 기가 막혔다.

계속 먹으니 배가 부르고 곧 소변이 마려웠다.

장자는 나무에서 시원하게 소변을 보았다.

장자는 아랫도리가 뜨뜻해져 오는 것을 느꼈다.

순간 눈을 반쯤 뜨고 보니 해는 서산에 걸려 있고

누웠던 자리 옆에는 작은 화분에 배나무 분재가 있었다.

그리고 배나무에 달린 작은 배는 한쪽에 벌레가 먹은 것 같은

자국이 나 있었다.

죄 없는 자

한 선각자 앞에 간음한 여인을 데려왔다.
선각자는 여인을 심판해야 했다.
"죄 없는 자, 이 여인을 쳐라!"

선각자는 큰 소리로 외치고 주위를 둘러보았다.
아무도 나서는 자가 없었다.
한동안 침묵이 흘렀다.
그런데 갑자기 한쪽이 술렁이더니 한 여인이
간음한 여인에게 사과를 던졌다.
선각자가 놀라서 소리쳤다.
"어머니, 언제 정신병원에서 나오셨어요?"

애목(愛木)

식물학자가 오랜 연구 끝에 사랑이 달리는 나무를 만들었다.

나무는 잘 자라서 하트 꽃을 피우고 예쁜 열매를 맺었다.

열매는 탐스럽게 익어갔다.

그러던 어느 날 나무에서 열매가 뚝 떨어지며 말했다.

"외로워서 못 살겠어요. 사랑 찾아 갈래요."

그리고는 데굴데굴 굴러서 가버렸다.

식물학자는 또 열매가 달리기를 기다렸다.

나무는 다시 꽃을 피우고 열매를 맺었다.

열매가 익어가자 집안의 하녀가 열매를 따먹었다.

덜 익은 열매를 따먹은 하녀는 그날부터 아무것도 하지 않았다.

"무슨 일이야? 아무것도 하지 않고…."

"사랑이 내게 온데요. 여기서 이렇게 기다리지 않으면

사랑이 왔다가 나를 못 찾고 그냥 갈 거예요.

여기서 같이 지켜봐 주세요."

식물학자는 사랑이 언제 오는지 지켜보느라
다른 모든 걸 잊어버렸다.
결국 사랑나무도 말라 비틀어졌다.

미인 사과

먹으면 미인이 되는 사과가 있었다.

사과를 먹은 여인들은 미인이 되었다.

소문은 삽시간에 퍼져 표독하기로 둘째가라면 서러운

부잣집 마님에게도 전해졌다.

마님도 그 사과를 구해 먹었다.

그러자 얼굴이 늑대처럼 변했다.

소스라치게 놀란 마님은 사과를 샀던 곳으로 부리나케 쫓아가

항의했다.

사과를 팔았던 주인이 말했다.

"마님은 그 무리 중에서 가장 아름다운 분이십니다!"

망우목(忘憂木)

나무 밑에 앉으면 근심걱정이 없어지는 나무가 있었다.
한 욕심쟁이 부자가 그 나무를 베어 집을 지었다.
욕심쟁이가 집에 들어가면 잠이 쏟아졌다.

"주인 나리, 건너마을 김서방이 꾸어간 쌀 서 말을
안 가져왔는데 어떻게 할깝쇼?"
"음…, 졸리니 나중에 이야기해라."
"마당쇠가 장독대에 미끄러져서 된장독을 깼습니다요."
"아— 참— 잠좀 자자."

욕심쟁이 영감이 항상 잠자는 바람에
하인도 동네에도 평화가 왔고,
모든 근심걱정이 사라졌다.

대도

나무 밑에서 묵상을 하면 도를 깨우치는 나무가 있었다.

수도승이 나무 밑에서 득도를 했다.

학자가 나무 밑에서 학문의 큰 틀을 마련했다.

상인은 나무 밑에서 상술의 최고 경지에 이르렀다.

도둑이 이 소리를 듣고 나무 밑에서 묵상에 빠졌다.

도둑은 드디어 대도(大盜)가 되었다.

털 없는 원숭이

긴꼬리원숭이가 망고를 따먹으러 왔다.
망고나무는 기꺼이 맛있는 망고를 내주었다.
이번에는 털없는 원숭이가 왔다.
망고나무는 벌벌 떨었다.
옆에 있던 무화과나무가 왜 떠는지 물었다.

"긴꼬리원숭이는 잘 익은 망고만 따먹지만
저 털없는 원숭이는 익은 망고를 땅에서 주워 먹기도 하고,
나무에 올라와 따먹기도 하고,
가지를 잘라서 망고를 따기도 하고,
심지어 나를 베고 망고를 따가기도 해요.
지금 저 밑에 있는 털없는 원숭이는
어떻게 내 망고를 따갈지 몰라 이렇게 떤다오."

반사

세 살 난 사자가 길을 가다가 지저분한 물웅덩이를 만났다.
사자는 물웅덩이를 건너지 않고 자꾸만 망설였다.
버드나무가 물었다.
"아니, 펄쩍 뛰어 건너지 않고 무얼 망설이나?"

그러자 사자가 천천히 위엄 있게 대답했다.
"내 위풍당당한 깃털과 늠름한 모습을 어찌 지저분한
웅덩이가 제대로 비춰주겠는가?"

왕 선출 2

나무들이 왕을 뽑기로 했다.
포도나무에게 왕이 되어달라고 했다.
"내 멋진 포도를 가꾸기도 바빠서 난 왕이 될 수 없다네."

나무들은 사과나무에게 왕이 되어줄 것을 간청했다.
"내 예쁜 사과를 어떻게 하고 왕이 된단 말인가?"
하고 사과나무도 거절했다.

이번에는 소나무에게 부탁했다.
"내가 키가 크다고 어찌 너희들의 왕이 되겠는가?
난 할 수 없다네."
소나무는 푸른 솔잎을 흔들며 거절했다.

나무들은 낙심했다.

그때 누군가가 가시덤불에게 한번 희망을 걸어보자고 했다.

"우리들의 왕이 되어주시오."

"그래? 그러면 내가 왕이 되어주겠네.

모두 내 품안으로 들어오너라!"

나무들은 가시덤불 말대로 가시덤불 안으로 들어가서 자랐다.

세월이 흘러가면서 나무들은 가시덤불 덕분에 안전해서

좋다고 왕을 칭찬했다.

그러던 어느 해 숲으로 나무꾼이 나무를 하러 왔다.

나무를 하려 해도 가시덤불 때문에 나무를 할 수가 없었다.

"에이, 가시덤불 때문에 나무를 할 수가 없네.

그럴 바에는 숲을 태워버리자!"

하고는 가시덤불에 불을 붙였다.

장자의 희망

장자가 어느 날 배나무 밭을 지나게 되었다.
배나무에는 젊은 아낙들이 올라가 웃고 떠들며
배를 따고 있었다.
장자는 넋을 잃고 아낙들을 바라보며 말했다.
"아, 다른 나무에도 저런 열매가 주렁주렁 달린다면
얼마나 좋을까…."

현명한 사람을 행복하
게 만드는 데에는 많은
것이 필요하지 않다.
반면 어리석은 사람은
아무리 많은 것을 주어
도 만족하지 못한다.
바로 이것 때문에 대부
분의 사람은 비참한 것
이다.

라 로슈푸코
Francois de la
Rochefoucauld

PART 5

작은 우주

천생연분

300년 된 팽나무 위에 혼자 사는 비둘기가 있었다.
팽나무는 안타까워서 비둘기에게 권했다.
"짝을 찾아봐.
어딘가 너의 짝이 있을 거야."

비둘기는 팽나무의 간청을 듣고 말했다.
"나처럼 사려 깊고, 똑똑하고, 잘생기고, 이해심 많고,
부지런한 비둘기가 있으면 내 짝으로 맞아들이겠어."

팽나무는 그래도 계속해서 짝을 찾아보라고 졸랐다.
비둘기는 마침내 팽나무를 떠났다.
계절이 몇 번인가 바뀌고 난 후 비둘기는 혼자 돌아왔다.

"어떻게 되었어? 짝을 찾아보기나 했어?"

"그럼 많이 만났지. 그런데 먹이를 구할 때는 독수리같이,
앞에 앉을 때는 공작같이, 대화를 나눌 때는
꾀꼬리 같은 소리를 원하더라고…"

작은 우주

메밀과 콩이 서로 다투었다.
"너는 모양이 그게 뭐야?
대강이는 붉은 데다가 열매는 각이 지고…."
콩이 비웃듯이 메밀을 비하했다.

가만히 듣고 있던 메밀이 되받았다.
"내가 어때서 그래? 나는 너희하고는 달라.
내 안에는 작은 우주가 있어.
줄기는 둥글어 원만하고,
열매는 각이 생겨 세상의 변덕을 나타내고,
또 대강이는 붉어서 태양을 뜻하고,
열매는 겉은 검어서 삶의 어려움을 보여주지만
속은 매우 희어 항상 밝게 살라고 가르친다네."

천상 vs 지옥

신에게 천상과 지옥에서 기른 귤을 보냈다.

신이 물었다.

"어느 것이 천상에서 기른 것이고

어느 것이 지옥에서 기른 것이냐?"

"예, 유기농으로 기른 거라 벌레가 파먹고 농약을 안 쳐서

껍질이 좋지 않지만 맛있는 것이 천상의 것입니다."

그러자 신이 다시 물었다.

"그런데 지옥에서 가져온 것도 못 생기고 껍질도 좋지 않은데

어쩐 일인가?"

"예, 지옥의 것은 비료도 주고 농약도 쳤습니다만 게을리한 탓에

천상의 것과 똑같이 벌레자국도 있고

껍질도 못생기게 되었습니다."

신은 천상의 귤을 까서 입에 넣고는 씁쓸하게 말했다.

"허~허~ 지옥도 천상도 똑같구나. 속을 봐야 알겠네!"

아무도 없다

장자가 어느 날 부잣집 잔치에 갔다가 동네 밖 느티나무 아래서
쉬고 있을 때 잔치에 가려는 나그네가 물었다.
"잔치에 많이 왔던가요?"
"네, 내비비 밟더군요."

장자의 땀이 거의 식어갈 무렵
또 한 나그네가 다가와 말을 걸었다.
"잔치에 사람이 많던가요?"
"아니오, 한 사람도 없던 걸요!"

침묵 3

신통하다고 소문난 서낭의 나무가 있었다.
그 앞에 가서 고민을 말하면 어느 순간 고민이 모두
해결된다는 소문이 났다.

어느 날 비둘기가 서낭의 나무에 앉아서
어떻게 그렇게 신통하냐고 물었다.
서낭의 나무는 한참 동안 침묵하다가 조용히 대답했다.
"난 아무것도 한 게 없어. 힘든 일, 괴로운 일, 슬픈 일,
모두 혼자 말하고
그리고 그냥 두면 오랫동안 그대로 있다가 가.
그게 전부야!"

할미꽃

따뜻한 봄날 무덤가에 조문객이 흰 국화 한 다발을 놓고 갔다.

국화가 할미꽃을 보고 물었다.

"할머니, 할머니는 왜 머리를 숙이고 있어요?"

할미꽃이 대답했다.

"모두 다 위만 보고 살잖아.

저 무덤 속의 망자도 똑바로 누웠지.

하지만 말이야 우리가 서 있는 땅의 고마움을 몰라.

그래서 난 붉은 얼굴로 땅에 감사 표하고 있는 거야."

꿈

꿈만 꾸는 사시나무가 있었다.

나무는 꿈속에서 냇가에도 가고, 양들과도 놀고,

푸른 초원에서 구르기도 했다.

하지만 그 꿈은 언제나 바람이 깨웠다.

바람이 가지를 흔들면 사시나무는 꿈에서 깨면서

"제발 나를 꿈속에 그냥 있게 해줘."

하고 잎을 파르르 떤다.

낙서

300년 된 천년기념물 백송에 누군가가 칼로 긁어 낙서를 했다.

'영수 왔다 감'

'난 순희를 좋아한다'

'무지한 대통령이 ... 놈'

'웃기고 있네'

거기에 딱따구리가 절묘하게 구멍을 뚫었다.

회자정리(會者定離)

제비가 작고 노란 들국화를 보고 말했다.
"넌 참 예쁘구나. 네가 꽃을 피우면 아쉽지만
우리는 바다를 건너 떠나야 해."

그러자 들국화가 말했다.
"네가 떠날 때면 우리는 꽃을 피워."

그리고 며칠 후 이번에는 기러기가 들국화를 보고 말했다.
"어쩌면 이렇게 오종종하니 귀여워?
네가 이렇게 예쁘게 웃을 때 우리는 대륙 저 끝에서 날아와."

들국화가 화답했다.
"그러니? 네가 이렇게 날아오면 난 꽃을 피워!"

모자

나그네가 길을 가다가 똥이 마려웠다.
쓰고 있던 모자와 안경을 벗어 키 작은 꽝꽝나무 위에
걸어놓고 똥을 누었다.
볼일을 다 본 나그네가 다시 모자와 안경을 쓰고 가려 했다.
꽝꽝나무가 물었다.
"어째서 모자와 안경만 벗었다가 쓰시오?"

나그네가
"뭘 밑으로 내놓는데 위를 막으면 안 되지."
하고 대꾸했다.

그러자 꽝꽝나무가 되받았다.
"그럼 식사할 때는 아랫도리를 벗어야겠네!"

삶의 터전

도를 닦는 나무가 있었다.

거미가 도 닦는 나무에 거미줄을 치고 잠자리, 파리,

나비 등을 잡았다.

"나의 터전에 살생은 안 돼! 다른 곳에 가서 해!"

거미가 줄에 올라타고 대꾸했다.

"당신 삶의 터전이기도 하지만 내 삶의 터전이기도 해요."

거목

2천 년 된 향나무 옆에 물푸레나무와 소나무, 자작나무가
살게 되었다.
키 큰 고목인 향나무가 햇볕을 모두 차지하고
나머지 나무들 게대고 사나시노 못했다.
그러던 어느 날 그 나무들 옆으로 길이 나게 되었다.

"아~ 향나무가 2천 년은 넘겠네.
길을 만들어도 향나무는 그대로 둬!
대신 옆에 있는 작은 나무들을 베어서 울타리를 만들어
향나무를 보호하게 하시오!"
하고 현장소장이 지시했다.

물푸레나무와 소나무, 자작나무는 향나무에게 항의했다.
"당신은 햇빛도 빼앗아 가고 큰 뿌리로 땅의 영양도 모두

차지해서 우리는 잘 자라지도 못했는데,
이제 우리 몸을 잘라 당신을 보호하는 말뚝으로 전락해야
한단 말입니까?"

그러자 향나무가 말했다.
"나처럼 커지면 함부로 다루지 못하네.
당신들 같은 작은 존재는 없어져도 관심이 없지만
나처럼 큰 걸 없애면 세상이 떠들썩해!"

은혜

한여름의 뜨거운 태양이 이글거리는 거리를
세 나그네가 가고 있었다.
저만큼 한 그루 포플러를 발견하고 모두 그 나무 밑에서 쉬었다.
한참을 쉬어 땀이 가라앉자 나그네들은 서로 잡담을 했다.
그 중 한 나그네가 말했다.
"이 나무는 목재로도 그렇고 보기도 썩 좋지가 않아
쓸모가 없겠어."

나머지 일행도 같이 맞장구를 쳤다.
"그러게, 지금 보니 그렇군."
그러자 포플러는 잎을 심하게 떨면서 말했다.
"당신들은 참 은혜를 모르는군.
지금 나에게 이렇게 신세를 지면서 쓸모가 없다고…"

독야청청

잘 다듬어진 정원에 멋진 백송이 다른 나무들과 함께 자랐다.
백송은 계절이 바뀔 때마다 키가 쑥쑥 자랐다.
백송이 아래를 내려다보며 말했다.
"저기 저 배롱나무를 없애줘요."

배롱나무는 사라졌고, 백송은 또 다른 요구를 했다.
"감나무 때문에 마음이 편하지 않아요.
감나무도 치워줘요!"

그래서 감나무는 베어졌다.
"그 옆에 대추나무도 없으면 더 좋겠어요!"

결국 대추나무는 다른 곳으로 옮겨심었다.
이제 정원에는 백송만 남았다.

어느 날 비바람이 불며 굉장한 태풍이 몰려왔다.
아름다운 백송은 온 힘을 다해 대지에 내린 뿌리로 버텼다.
그러나 모여 있는 다른 나무는 어찌지 못하고 백송만
땅바닥에 뿌리가 보이게 눕혀버렸다.

이사

뽕나무에 까마귀가 앉아서 탄식했다.
"여기 오랫동안 살았는데 떠나게 되니 섭섭하네!"

뽕나무가 물었다.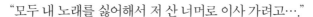
"어디로 가시게? 뭐가 잘못됐나?"
"모두 내 노래를 싫어해서 저 산 너머로 이사 가려고…."

뽕나무가 까마귀의 말을 듣고 충고했다.
"여보게, 그대가 여기를 떠나 그곳에 가도 목소리를 바꾸지
않으면 거기서도 그대를 싫어할 거야."

익숙함

시골 쥐가 도시 쥐에게 놀러왔다.

시골 쥐는 도시 쥐의 집에서 전에는 맛보지 못한 진귀한
음식들을 대접받았다.

그리고 도시 쥐는 시골 쥐를 위해 좋은 곳에 잠자리를
마련해 주었다.

하지만 시골 쥐는 잠을 이루지 못하고 자꾸 뒤척였다.

도시 쥐가 걱정스레 물었다.

"여보게, 잠자리가 많이 불편한가?
침대가 마음에 들지 않나"

"침대가 아니라 냄새 때문이야."
"아니, 무슨 나쁜 냄새라도 난다는 건가?"
"아참, 그게 아니라 난 매일 시궁창 옆에서 잤거든.
그 시궁창 냄새를 맡고 잠이 들어서 말이야."

도시 쥐가 시궁창 흙을 한줌 파다가 시골 쥐 옆에 놓아주자
시골 쥐는 금세 새근새근 잠이 들었다.

멍청이

약삭빠르고 욕 잘하는 욕심쟁이가 살았다.
어느 날 그는 사슴을 쫓아서 숲속 깊숙이 들어왔다.
그러나 금방 잡을 것 같던 사슴도 놓치고 길만 잃었다.
오랫동안 사슴을 헤매다 큰 전나무가 서 있는 네 갈래
길에 당도했다.

"이봐! 멋대가리 없이 키만 큰 너, 이쪽으로 가면 어디야?"
전나무는 점잖게 대답했다.
"잘 모르겠어."
"그럼 저쪽으로 가면 어디야?"
"글쎄, 잘 모르겠는데."
"이 바보 멍청아! 넌 여기서 몇십 년을 살았으면서
그것도 모르냐?"

그러자 전나무가 조용히 대답했다.

"누가 바보 멍청인지는 모르겠으나

난 길을 잃고 누구에게 물어본 적은 없지."

본질과 곁가지

식물학자가 단감을 연구하기 시작했다.

감을 연구하자니 감나무가 어떤 것인지 알아야 했다.

그는 감이 영양소를 뿌리에서부터 섭취한다는 것을 알았고,

그의 연구는 감나무 뿌리고 옮겨있나

뿌리는 좋은 흙이 있어야 잘 자란다는 것을 직감하여

흙을 연구하기 시작했다.

흙을 연구하면서 흙은 물이 있어야 한다는 것에 생각이 미쳤고,

물에 대한 연구로 또 바꿨다.

그리고 물은 비가 와야 한다는 사실을 깨닫고

구름에 대한 연구로 주제를 변경했다.

그러나 구름에 닿지 못한 식물학자는 그 연구를 포기했다.

나무의 차이

브라운이 아버지에게 중대 발표를 하겠다고 선언했다.

가족들이 모두 모였고, 맛있는 칠면조가 식탁에 올랐다.

브라운이 입을 열었다.

"저 언덕 위에 사는 수지와 결혼하겠어요."

브라운의 아버지가 펄쩍 뛰면서 말했다.

"안 된다. 그 집안과의 결혼은 절대 안 돼!"

"아버지, 수지도 저를 사랑하고 저도 수지를 사랑합니다.

뭐가 문제인가요?"

"우리는 천상의 선악과를 믿지만 수지네는 단지 지상의 보리수

밑에서 명상만 하는 집안이야!"

존재가치가 없는 것

유명한 선사가 자신의 뒤를 이을 후계자를 결정하기 위해
제자를 모두 불러모았다.
"지금부터 너희들은 세상에 나가 존재가치가 없는 것
하나마 가져오니라."

제자들은 전부 보따리를 꾸려 세상 속으로 나가서
이것저것 찾았다.
한 제자는 곡식만 축내는 쥐가 존재가치가 없다고 생각하여
쥐를 가져왔다.
또 한 제자는 길 한가운데 버티고 있어서 길 가는 나그네에게
방해가 되는 돌을 가져왔다.
또 다른 제자는 자신의 신발을 더럽힌 개똥을 가져왔다.
그리고 뱀, 거미, 가시나무, 잡초 등을 가져왔다.

모든 제자가 한 가지씩 가지고 왔지만 언제나 약간
모자란 듯한 제자가 보이지 않았다.
며칠이 지나 그 제자는 남루한 옷을 걸치고 빈손으로 왔다.
스승이 물었다.
"너는 왜 아무것도 가져오지 않았느냐?"
"예, 저도 처음에는 쥐를 잡아 오다가 쥐가 고양이 먹이가
되는 것을 보고 고양이의 생존을 위해 쥐가 필요하다고
생각하여 쥐를 놓아주었습니다.
다시 길을 가다 돌부리에 걸려 넘어져 그 돌부리를 캐고 있는데
도둑이 돌부리에 걸려 넘어져 잡혀가기에 돌도 버렸습니다.
그러다가 개똥을 밟았고, 신에서 고약한 냄새가 났습니다.
그래, 개똥이 존재가치가 없구나 하고 주워 오는데 마침
동네 어귀에 환자가 있어 개똥을 삶아 먹이면 낫는다고 하여
개똥마저 주었습니다."
"그래서?"
스승은 제자의 다음 말을 재촉했다.
"아무것도 없이 빈손으로 곰곰이 생각해 보니 세상에는
필요 없는 것이 아무것도 없었습니다."

스승은 무릎을 치며 말했다.

"그래, 네가 바로 내 후계자다.

모든 것을 비운 순수한 네가 진정한 후계자다."

확신

견실한 수도승이 보리수 밑에서 명상수행을 했다.

비가 오나 바람이 부나 수도승은 꼼짝 않고 수행에 전념했다.

그는 묵언수행도 병행했다.

그러던 어느 날 수도승이 깨달음을 발표하겠다고 글로 써서
다른 수도승에게 알렸다.

드디어 수행자 주위에는 깨달음의 말을 듣기 위해
많은 사람들이 모였다.

수도승은 자신의 깨달음에 대해 마음속으로 정리하고
어떤 말을 할 것인가 준비했다.

그때 비둘기 한 마리가 하늘을 날아 수도승 머리 위에
볼일을 봤다.

순간 수도승은 준비한 말을 모두 잊어버리고 입을 열었다.

"비둘기는 팬티를 입지 않는다는 것, 이것만은 확실합니다."

정원사

아름다운 왕궁에 멋진 정원을 소유한 왕이 살았다.
언제부터인가 왕이 향나무를 전지하면 좋겠다고 생각하고
며칠 지나면 왕이 생각했던 대로 전지가 되어 있었고,
정원 기 길께 니에 수국을 심었으면 하고 자리를 뜬 후
며칠 지나면 그 자리에 수국이 심어져 있었다.
왕은 몹시 궁금해서 누가 했느냐고 물었다.
"저기 낡은 옷을 입은 정원사가 했습니다."

"그래, 저 정원사를 이리 데려오너라."
정원사는 왕 앞에 불려왔고, 왕은 그를 신하로 중용했다.
정원사는 왕궁의 정원을 돌볼 때와 마찬가지로 왕의 마음을
헤아려 왕이 생각하는 것을 왕명이 하달되기 전에 수행했다.
왕은 흡족하여 국사를 정원사였던 신하에게 맡겨놓고
놀기만 했다.

노는 데 재미가 들린 왕에게 정원사 신하는 미인과
술과 연회를 연일 베풀었고, 이를 못마땅하게 여기는 신하는
어명이 떨어지기 전에 참수되거나 왕궁에서 쫓겨났다.
몇 년이 지나자 왕 주위에는 정원사 신하만 남았다.

왕은 한숨을 쉬며 한탄했다.
"정원사가 짐을 완전히 전지했네!"

색.향.미.청(色.香.味.聽)

선사들이 모여서 다회(茶會)를 열었다.

"차는 누가 뭐래도 맛이 좋아야지."

차를 마신 선사가 입을 열었다.

그러자 옆에 있던 선사가 나섰다.

"맛도 좋아야 하지만 향이 더 중요해.

차의 그윽한 향이 없다면 차가 아니지."

차를 키운 선사가 눈을 동그랗게 뜨고 말했다.

"그래요? 보세요. 찻잔에 채워진 아름다운 색을.

이 색이 차의 품위를 더 높이잖아요."

조용히 세 선사의 이야기를 듣고 있던 노선사가 입을 열었다.

"어째서 차를 눈, 코, 입에게만 맡기시나? 귀도 있잖아.

차가 자랄 때 바람소리, 새소리, 빗소리, 차를 딸 때
아낙네의 노랫소리, 그리고 마지막으로 차를 따를 때의
청량한 소리까지 들어야 진실로 차를 즐기는 거야."

나무에게
길을
묻다
시문유희

발행일 1쇄 2012년 12월 30일

지은이 장성 **그림** 장가영

펴낸이 여국동

펴낸곳 도서출판 인간사랑

출판등록 1983. 1. 26. 제일-3호

주소 경기도 고양시 일산동구 백석동 1178-1번지 2층

전화 031)901-8144(대표) I 977-3073(영업부) I 031)907-2003(편집부)

팩스 031)905-5815

전자우편 igsr@naver.com I igsr@yahoo.co.kr

블로그 http://blog.naver.com/igsr

인쇄 인성인쇄 **출력** 현대미디어 **종이** 세원지업사

값 12,000원

ISBN 978-89-7418-968-6 03810